地球旅馆 书系

巴黎的海报：优美也日常。

贴满了海报的街道，连时光都散漫。

左岸，德赖斯·范诺顿（Dries Van Noten）男装店橱窗上的插画。

老人与狗。

初秋，一个咖啡馆的影子。

从巴黎飞往干邑区的飞机上，遥望法国原野。

轩尼诗集团的研发试验地。

JE NE
PENSE QU'
À ALLER
À PARIS

张朴 ————— 著

而我
只想去
巴黎

台海出版社

图书在版编目 (CIP) 数据

而我只想去巴黎/ 张朴著 . -- 北京：台海出版社，
2018.8
ISBN 978-7-5168-1994-4

Ⅰ . ①而… Ⅱ . ①张… Ⅲ . ①游记－作品集－中国－
当代 Ⅳ . ①I267.4

中国版本图书馆CIP数据核字(2018)第 154459 号

而我只想去巴黎

著　　者：张　朴

责任编辑：姚红梅　　　　　　装帧设计：lemon

版式设计：八月松子　　　　　责任印制：蔡　旭

出版发行：台海出版社

地　址：北京市东城区景山东街 20 号，邮政编码：100009

电　话：010 － 64041652（发行，邮购）

传　真：010 － 84045799（总编室）

网　址：www.taimeng.org.cn/thcbs/default.htm

E-mail：thcbs@126.com

经　销：全国各地新华书店

印　刷：天津丰富彩艺印刷有限公司

本书如有破损、缺页、装订错误，请与本社联系调换

开　本：165mm×230mm	1/16
字　数：210 千字	印　张：16
版　次：2019 年 2 月第 1 版	印　次：2019 年 2 月第 1 次印刷
书　号：ISBN 978-7-5168-1994-4	

定　价：68.00 元

JE NE PENSE QU' À ALLER À PARIS

catalogue

préface

JE NE PENSE QU' À ALLER À PARIS

préface

序　言

♂ 初恋巴黎

| 欧阳应霁 | ⋯⋯⋯⋯⋯⋯⋯⋯⋯⋯ 漫画家、作家、主持人

我几乎已经忘记，我的初恋是在巴黎结束的。

这么久远的事情，是有足够多的理由使人回想不起来的。当这个满载青春记忆的盒子一旦打开，是不可收拾的，看来要失控了。

初恋对象是大学预科同学，不仅是班中各个学科的优异生、运动健将，竟然连艺术中心的现代舞课和我也是同学，法国电影节她也是前排常客，法国文化协会的法语课居然比我还高几班——有种拒人千里的高贵，更让我这个懵懂少年，心如鹿撞。

从暗恋到表白，从张望试探的两年预科到大学一年级暑假，我们终于相约一起欧洲游，落地是伦敦，以巴黎为终结站。也因为几个星期朝夕相处，一切美好的假设和想象都要面对现实，就如巴黎。电影中的巴黎、绘画中的巴黎、歌曲中的巴黎、文学中的巴黎、法语课程中的巴黎、装饰派艺术（Art Deco）

的印象派的现代主义的巴黎，和现实中的初恋的巴黎原来都不一样。部分是我没有能力认识了解的，部分是我根本不必拥有的，两部分，始终有一小部分，成为永远的深藏的无法言喻的爱。

巴黎仍然是巴黎，至今无数次抵达和路过这里，无论是因为蓬皮杜的某个专题大展、橘园弧形莫内莲塘；因为 Colette 或者 Merci（Colette 和 Merci 是巴黎著名的买手店。Colette 于 1997 年开业，并于 2017 年年末结束了实体店的经营。位于巴黎十一区的 Merci 是当今巴黎非常流行的时尚买手店）；因为 Maison & Objet（每年在巴黎举办的时尚家居设计展）；因为我那出生时非常娇小至今已亭亭玉立的法中混血干女儿；还是因为某本忘了买的地下漫画书、某顿名不副实的三星晚宴……始终有千百个理由让我再度回到巴黎，一如张朴在这里向大家呈现的属于他心中的巴黎，无数的初衷成就了游牧生涯中永恒的爱。

♀ 前途、阅读、转身，一切都是慢的

|翟　頔|———————— 专栏作家、媒体人、策展人

此刻我在从东京到轻井泽的火车上，逃离没有表情的巨无霸城市。耳机里在放一首叫《在人间》的歌：人心有多深不见底，灵魂在逃亡无处去，现实像车轮我是只蚂蚁。

我和张朴都对东京无太深刻的感觉，同好纽约、巴黎、旧金山。当我们聊起对某个城市的喜好时，甚至不需要问为什么，我们其实在交换那些组成我们内心世界的密码。

2012 年张朴出第一本书是我写的序，当时我们都已经离开传统媒体多年，他开始了漫长的旅行、阅读、思考和身份焦虑，我开始创业、写无聊的策划案。那时的我们，都揣着没有被纸媒榨干的一股真气，不需要日常交往，也能感触到对彼此文字的信任。

现在他已经是旅行达人，文字越来越靠近旅行文学，并自带流量。这第四本

书，又找我写序，新书的文章有读过，还是没有把握。

互联网 3 年隔代，5 年就隔了宇宙。基于对快速解读，快速遗忘的逆反，我甚至怀疑阐释或者独白的意义。

为了写这篇序文，我开始比较密集地和张朴见面，与他做谈话节目、去听音乐会、在露天的院子吃饭、看他推荐的碟子。发现他还是 10 年前那个文学青年，那个在报社吵闹的大办公室里，默默坐着的独特的小朴，那个和我一样十几年如一日，在同一个地方淘碟的小朴。

旅行既是漂泊又是滋养。对一个城市的怀念或者幻觉，变成了文字之后，那个地方才松开它的怀抱，任我们来去自由。

张朴说他念大学时读我的文章，现在，我读他的文章。我们在时空交替中互相哺育。

不同的是，他的个性比以前温和了，尖锐变成了敏锐；他的文字，从感性变成了具有感染力，这种力量，既来自他沉醉在健身房的意志，更来自他缓慢而任性的独自生长。

我最热爱的诗人柏桦在《现实》中的诗句是：前途、阅读、转身，一切都是慢的。总觉得这句特别适合送给小朴。

旅行、写作、孤独，一切都是庇护。

♂　旅行作家的终极任务

| 乌云装扮者 | ·································　媒体人、青年作家

　　我去巴黎出差，出门遇到雨雪天气，出租车司机就来酒店门口接我。侍应生和司机交代了我要去的目的地，后来我发现车开错了，想和司机说明情况，却发现他根本不说英语。沟通变得困难，让我非常沮丧。

　　那天我好不容易回到酒店，和张朴远程录制电台节目——感谢科技、互联网，我们得以在两个城市、不同的时区分工协作。我把当天的遭遇告诉张朴，曾长时间在巴黎生活、旅行的他开始给我讲解巴黎人的性格，并介绍了在巴黎生活的建议。

　　说到巴黎人的性格时，他没有使用那些高度概括的词语（例如我们熟知的"浪漫"，谁能告诉我到底什么是浪漫），而是讲了一个例子。他说，巴黎人喜欢坐在咖啡馆外面喝咖啡，桌子椅子都摆在外面，他们不仅喜欢观察路人，也希望，或是甘愿，成为路人眼中的一道景色。

他非常认真，讲话滔滔不绝，到最后我不得不劝他停下来。

张朴对巴黎的熟悉和热爱，导致了有一段时间，我差点以为他是巴黎人（事实上是成都人）。我也常常旅行，但目的地变化多端，显得不够长情，相比起来，张朴选择了在巴黎和其他城市间不断往返，才让他深入本质，写出了像《巴黎女人为什么喜欢穿黑色》这样的文章。

他写道："即便是身穿黑色，道貌岸然的巴黎中产阶级也会呈现一种内心守旧与外表目空一切的清高态度，实在是有趣又太巴黎的一种特色了。然而穿黑色的巴黎女子，她们虽然在巴黎驻扎，但只要存在于不同的巴黎区域（Arrondisement），也会散发迥异的文化内涵和品格。"

以及："也许正因为黑色的单调乏味，让巴黎女人才能专注品位、品格与整体的魅力塑造。放弃了花俏颜色和繁复的审美负担，反而更为看重灵魂层面，内心的共鸣。"

对精神文化的观察和评价，让张朴区别于社交网络时代的其他旅行作家。

我一直认为，人之所以形成了真正的态度和审美，是建立在文化认识之上的，这意味着，旅行（"去看到美"）是必需的，但只有旅行还不够，还要通过阅读和整理，才能印证"美"的真实，因而"态度"才立得住。

过去，因为公务或是商业合作，我和很多旅行者同行，发现一些让人失望的现象：对大部分人而言，旅行没有让他们成为更广阔的人，因为有些人的文章总是充满了长途跋涉的优越感。你要知道，我们这个时代，能够外出旅行并不是什么值得炫耀的事，住过再好的酒店、见到更有名气的人和景色，都只是旅行中不值一提的部分，从本质上说，走过的路越多，内心应该更加丰富、谦逊，更懂得尊重、理解不同的文化，而不是扬扬自得。

幸好张朴不是这样的。在张朴的文字中，你会看到更多证据，即旅行写作并不仅仅是记录过程——虽然能够体面地记录下来已经不是容易的事——还包括提炼和整理。

广泛的阅读，也让他在进行阐述时，为读者提供一种广阔的视野。而提供视野，大概是旅行作家的终极任务。

在互联网冲破了所有行业的今天，无论写作还是旅行，在内容呈现上都非常单薄、直接。社交网络中，博客式的写作是非常直接的，能给的都给：今天见到什么事，或是今天有了什么新的想法，立刻就会写成文章，甩到读者面前（而且我对插科打诨式的写作已经无比厌烦了）。图片成为更加主流的记录方式，而文字被无限削弱了，进入了碎片化的、流水式的事件记录。这种时候，"认真的写作"就变得比从前更加珍贵。

尽管在互联网写作和传统写作中取得平衡的确不是简单的事，但我仍然相信，对媒体或是写作者而言，能不能带来启发读者灵感的信息，看上去是更急需的事。一直以来，我更尊敬的是那些不在乎形式，持续带来能改变读者认识或是见识的内容的人，因为，为读者带来的启发和那些现实的资讯不一样，前者能够伴随着读者，而且是长时间地伴随。

张朴的文章可以在长时间里伴随你。他笔下的巴黎、非虚构的或是虚构的故事，也会长时间地存在。

谢谢，巴黎 ♂

| 张 朴 |

　　时隔 4 年，有机会再出书，应该怀着感恩之心。在阅读习惯被慢慢改变的时代，写作和阅读变成一种难以言说的奢侈行为，能再次以纸张之悦、文字之思，与这个世界打交道，对于我，是喜悦与感激。从第一本书里写 2008 年第一次去过的巴黎，到第三本书里写电影中的巴黎，只言片语，反复吟唱，巴黎始终是如歌的行板。去年决定再写书之时，我的出版人说："不如一次唱足，专程写一本巴黎吧！"

　　但是，巴黎是很难被定义的，正如"一千个人眼里有一千个哈姆雷特"，每个人心中的巴黎都不同，但在这些难以计数的巴黎印象中，有一些是重合的影子，有一些是被误解了的层面，还有一些是因为电影、艺术渲染下的那种过分优雅和单一的巴黎——这些好好坏坏，千篇一律，在我第一次去巴黎的时候就被映衬过。但是，直到反反复复前往巴黎，直到患上"巴黎综合征"之后，情况才会有所转变。

第一次拜访巴黎的时候，阴雨凄凄，我承认，那时一点都不喜欢彼邦。我觉得巴黎人太过傲慢，和我当时热爱的伦敦相比，巴黎显得没有章法。2008 年的时候，我认为巴黎是时装的代名词——后来，我深刻检讨自己的肤浅、短视以及因年轻时自命不凡带来的各种偏见。从 2008 年到 2018 年，我去了那么多次巴黎，停留的时间有长有短，我现在如此热爱巴黎，以至于到了一种"只想去巴黎，对其他旅行目的地失去兴趣"的地步。我对巴黎的印象变得深刻的原因是我的经历和年龄带来的认知的转变。当我已经可以轻易模仿巴黎人的某些风情后，我慢慢也可以接收到巴黎赠予我的信号——这些信号，真的不是一个初次来到这里的旅人可以接收到的，我并非是要夸夸其谈其中的玄妙，但是巴黎就是这样奇妙的城市。这些信号包括：强大的自我；对于日常美学的追求；艺术化的生活；吃甜品、喝香槟、说法语是迷醉的体验；阅读是一种抗拒时光衰老的方式；并不是那么在乎别人的眼光……

基于巴黎给我的感受，我决定写出这本书，我更愿意将这本书定义为这 10 年反复游历巴黎的一次文化性总结。我知道很多人喜欢巴黎，很多人讨厌巴黎，这个世界就是对立平衡的两面，但是，既然巴黎已经教会了我如何去做自己，如何真诚和热烈地生活，我觉得这本书对于我的人生也变得异乎寻常的重要了。简单来说，这本书絮絮叨叨讲述了自己对于法式生活方式、历史文化的一些看法、见闻、思考，不求面面俱到，只是分享一些自己感兴趣和对我影响很深刻的东西。当然，我很抗拒写旅行游记，我想彻底离开前三本书的叙述形式（这也是为何中间有三四年我都没有写书和出书的原因。这其中的年月，我也去了更多的旅行目的地，但它们都没被写成书），因此，这不是一本单纯的旅行分享类图书（虽然中间涉及了旅行的层面，分享了城市风光和旅行地点），更多的是展现我个人在巴黎的遭遇、心路历程、创作理念，并始终以历史文化的视角为主，潜入巴黎，开展描写。

全书分为四个部分，还有最后是一篇小小说，是我以巴黎夏日卢森堡公园为创作题材写的一篇小小说。第一部分（爱恨交加在巴黎）写了巴黎的好和不好，比如巴黎是偷盗和不友好的城市。第二部分（巴黎的微小表情）完全是心爱的巴黎风景，比如我畅游博物馆；剖析巴黎的阅读文化之美好现象；西方现代主义作家们居住的巴黎；聊聊法国电影和巴黎戏院，如此等等。第三部分（一千个巴黎的理由）着眼于巴黎最为细腻的情愫，比如撰写了巴黎女人为什么喜欢穿黑色，以及关于我曾经租住在左岸而感知到的时髦风光。第四部分（并非米其林的巴黎）是关于一些我曾经住过的巴黎的酒店，去干邑区旅行的随笔，借此想分享一些法式生活艺术（L'art de Vivre），比如聊到了甜品、饮酒文化、设计等等。

去年9月我在巴黎拉丁区租了一间公寓，步行不远就是卢森堡公园，每天可以散步去先贤祠，我觉得被各种神性围绕。走过先贤祠去巴黎五区，就可以造访詹姆斯·乔伊斯（James Joyce）当年在巴黎住过的公寓，以及作家欧内斯特·海明威（Ernest Hemingway）居住的公寓，公寓蓝色的大门依然流淌着昔日的文艺风光。我在今年开始翻译海明威《流动的盛宴》一书，书里讲述的海明威当年在巴黎走过的街道、去过的博物馆，我也在去年走过，并且每天都会重复海明威的散步路线。只要是住进了巴黎的左岸，时光可以被倒流，情绪可以被延展，我觉得巴黎实现了一种无惧时间流逝的可能。在任何一个年代，你都可以在巴黎，毫无障碍地穿行在历史和文化的长廊间，求得内心最温暖的安慰。在巴黎，我不再惧怕，因为它收纳了我，像海洋一样，有着深邃的情愫。

在巴黎，我觉得，夜色经常无端动人，像是海明威在书里写过的："巴黎是一座非常古老的城市，而我们却很年轻，在这里，任何事情都不简单，甚至贫穷，或者意外之财、月光、是与非，以及在月光下睡在你身旁的某人的呼吸，都不简单。"如果没有巴黎，我觉得海明威也不会轻易展露内心的细腻，这些细腻和他刚毅的"老爹"形象成为有趣的互补。

住在巴黎的一个周末，我搭欧洲之星往返巴黎和伦敦。我坐在伦敦火车站的咖啡馆，随意散漫，松散不羁，我的伦敦朋友开玩笑地评价我："你确实是从巴黎来的旅人。"——我暗自高兴。在曾经如此热爱的伦敦，感觉有点无所适从的时候，我开始想念巴黎了。我不再拘谨、害怕、在乎，以及封锁——巴黎，形而上的布尔乔亚风格与享乐做派的迷人销魂似乎慢慢浸染了我。我认为，巴黎是关于灵魂的——这就是它和任何我去过的旅行目的地不同的原因。

我对一位朋友说："巴黎——艺术家和作家们的终极城市！"这位朋友则说："巴黎是女人的，伦敦是男人的。"毫无悬念的事实是：每个人的巴黎都充满这种随时可以遇见的文艺格调。我也希望在这本书里，进行一些文学性的创作，我希望它会是一个美好的开始——我是真的这样祈望的。

除了文字描写，我把在不同时段拍摄的关于巴黎的照片放在这本书中与你分享。

所以，Merci, Paris（谢谢你，巴黎）！谢谢你教会我的这些。

JE NE
PENSE QU'
À ALLER
À PARIS

épisode   1

爱恨交加在巴黎

épisode 1

你逃避不了巴黎的过去，这也是巴黎最精彩的地方，

过去与现实融合得那么巧妙，丝毫感受不到一点突兀。

—— 美国诗人 艾伦·金斯伯格（Allen Ginsberg）

巴黎，你友好吗

从戴高乐机场的出口一直走向 RER 车站，连接戴高乐机场与市中心的火车站总是让我心惊胆战。

抵达巴黎的这个晚上，朋友煮了小米粥，装进包里来机场接我。因为之前我在北爱尔兰旅行，被欧洲冬日的寒冷弄得筋疲力尽，抵达巴黎的这一晚，我感觉疲惫与虚弱。在机场出口看到朋友的那刻，内心升腾起无比温暖的感觉，像是雪中送炭般的温暖。

我对前来接机的朋友说："我们打车去酒店吧，已经接近夜晚 9 点了。"朋友坚持说："我们坐郊区火车去市区，再换乘地铁，可以非常方便地抵达目的地。"她还补充说，"因为我们可以在火车上，好好聊聊天。"

拖着行李走向月台，一个女人从我们身边经过时，撞了我们一下，她用非常冷漠的口吻对我们说了一声"Pardon（对不起）"。朋友莞尔，对我打趣说："Bienvenue à Paris（欢迎到巴黎）！"我来来去去很多次的巴黎，总是以这样看似不友好的方式开始。我想起了第一次来巴黎的经历，那时一句法语也不会，站在商场里，内心有种被拒绝的感觉，没有人愿意帮助我实现一次购物体验。服务员坚持用法语向我解释一切，但是她明明听懂了我讲的英语。巴黎，在我第一次抵达的时候，被我认为是冷漠、傲慢和没有礼貌的一座城市。

我们坐上郊区火车，从戴高乐机场出发的火车分为慢车和快车。不幸的是，我们坐上了一辆慢车，因为火车沿路停靠，仿若是缓慢爬行的蜗牛。我和朋友坐在车厢内，旁边的女人在看书，但是不知从何时开始，车厢后面的年轻人开始调高音量播放音乐，十分吵闹，偶尔还发出嘲笑的声音，一切都是非常危险的信号。

我和朋友依然在聊天，她镇定自若，仿佛已经习惯了这样危险的信号。朋友是一个在巴黎居住超过了10年的人，对于已经在巴黎生儿育女、以这里为家的她来讲，也许这是一种日常吧。我们继续聊天，我也渐渐放下了戒备，松弛下来。

火车滑过巴黎郊区的黑夜，窗外是伸手不见五指的黑，车窗外偶尔的灯光，以及模糊的站名混合着播报的法语让人感觉疏离。我们聊兴正浓，朋友把我的随身手包放到了对面的空座位上。这时，有人从我们身后扔了一个东西，让我们转头帮他捡起来，试图分散我们的注意力。然后，他的同伙上前，趁我们转头，伺机拿走我的手包，被我及时发现，一把抢了回来！这时候，火车抵达车站，两人未得手，悻悻然跳下火车逃走了。多么戏剧性的一晚！

我事后想想，真是有点可怕，我第一次在巴黎遇到扒手竟然是这一次从机场去市区的火车上。但是后来和在巴黎的朋友聊起这段经历，他们总说我非常幸运，没有遇到那种暴力抢夺的阿尔及利亚人，或者是现在欧洲猖獗的难民一族。说到巴黎的扒手、小偷，威名真是远播世界。"来到花都旅行，一定要看管好自己的钱包"——早已被写进了各国的巴黎旅游书中，并且成为在巴黎旅行的一道魔咒。巴黎的顽疾，让人非常憎恨。说到暴力抢劫，曾经有个中国女学生在巴黎被抢夺手机，这位女学生负隅顽抗，和劫匪争夺手机，结果被殴打并拖行数米，造成身心的巨大伤害。在巴黎旅行，出门不带现金和护照、夜晚不坐地铁，是我的原则，遇到劫匪，要什么就给他吧。

虽然中国游客已经成为巴黎劫匪袭击的最大目标，但巴黎仍然是中国游客首选的欧洲旅行目的地，这不得不让因为恐怖袭击而雪上加霜的巴黎旅游业心存侥幸。巴黎旅游局的工作人员托马·德尚曾对媒体总结："我们很难让他们（中国游客）理解，最好不要展示他们购买的奢侈品。他们对巴黎充满幻想，认为这是浪漫、优雅之都，觉得这里的所有人都穿着迪奥、喷着香奈儿香水散步。"但和中国游客一样，遭遇了内心和现实的滑铁卢的世界游客，在花都被劫匪当头棒喝，随即发现巴黎真的非常野蛮、粗鲁、危险，或者和我一样险些遭遇抢劫和偷盗的行为，似乎已经对巴黎彻底失去兴趣和好感。巴黎并非如电影和文艺小说描绘得那样引人遐想，在现实的层面上，巴黎显示了冷酷无情和非常不友好的面貌，等待你去面对。

对于来过巴黎很多次的我来讲，依然要乘坐地铁，时常在密如蛛网的巴黎地铁网络里穿梭和换线。唯一能做的，是要学习巴黎人的气场，不要在地铁里摊开巴黎地图，或者一头雾水般查询目的地，甚至是玩弄自己的相机——如若这样，成为被抢目标的可能性会增加很多。但是到底怎样的巴黎气场可以降低被抢的概率？不妨假装无所谓的样子，自信地踏入地铁中，并非要坐下来，而是站在车厢中，或者神情漠然地翻书（还是一本法语书），摆出非常藐视一切的面孔。或者如很多巴黎年轻人一样，并非衣着光鲜，而是带着一身的不羁与有点脏脏的邋遢感，去拥抱巴黎的日常——如此一来，你在被"巴黎化"的同时，真的会感觉安全很多，起码不会轻易成为阿尔及利亚人或者黑人抢劫的首选目标。

巴黎的不友好，也不仅仅限于抢劫、偷盗的行为。在我看来，还有一种巴黎人的松散，对于日常规范的一种故意放任自流的态度——如此说来，这样的放任自流反而成了一种非常时髦的态度，让傲慢无礼和对于游客的蔑视成了巴黎人习以为常，并且像传染病一样蔓延的怪癖。在巴黎人鄙视的外国游客中，又以美国游客最为可怜，他们的美式英语往往会招来巴黎人的讪笑和谩骂。在那些本土的法餐厅中，傲慢的侍应生总是讲法语，或者只扔给美国游客法文的菜单，给他们一个戏谑的下马威。

一日，我走过塞纳河上的新桥，三五个美国老人在桥上拍照，其中一位美国游客给他远在美国的亲戚打电话，被我偷听到，他在塞纳河上感叹："巴黎真是一座美丽的城市，但是，这些法国人，让我郁闷……"满怀憧憬的美国游客在巴黎吃了闭门羹。而尝试在巴黎讲法语的美国人，真诚、天真，虽然带着典型的美国口音，但是他们对于巴黎充满幻想，那些冷漠的巴黎店员，总是在听完他们的美式法语后，摆出故作高傲的表情，用蹩脚生硬的法式英语回应他们，故意拆穿这些友好的美国人表达的真诚善意。

虽然，如今的巴黎，在大型百货和旅游景点，甚至精致的法餐厅，越来越多的人开始对游客讲英文，准备英语的菜单，但巴黎的这份不友好还是深入骨髓的。他们往往认为：不懂法餐的人并不能深谙法国饮食的各种规矩，甚至是繁文缛节。但有时，我对于巴黎人絮絮叨叨可以吃三四个小时的法餐文化无法忍耐。巴黎人固执地活在自我文化的保护区内，却也保全了一种本我的文化立场和姿态，可能巴黎越是傲慢，它越会得到游客的青睐。

但是如果会法语，情况真的会改善很多，即便像我这样，以跌跌撞撞的法语示人，且经常伴有语法错误，也会在巴黎博得当地人的同情与友好，获得短暂的满足感。不过最近几年再去巴黎，感觉自己似乎能读懂巴黎的暗语，深刻感受到语境深处的那份巴黎风味。我在充斥着恶臭的地铁站里穿梭，一如既往地担心偷盗和抢劫会随时发生，近几年还会担心危在旦夕的恐怖袭击，但是巴黎的不友好、危险和那些被幻想的浪漫一起组合成了一首巴黎交响曲，让巴黎成了如今的巴黎，并以这份不友好成全了它更为神秘的多面体的风格，是值得玩味的。

回想一下，上一次离开巴黎，我从巴黎六区的卢森堡公园坐 RER B 线去戴高乐机场，内心相当坦然，并未感到害怕。估计那一次坐对了火车，从市中心最大的中转站抵达戴高乐机场的路途中，没有再停站，非常顺利和快速。火车驶过白天的巴黎郊区，我从车窗内望出去，那些杂草丛生的铁轨旁，有一种被抛弃的荒漠感……

᠄ 夏日巴黎，卢森堡公园里素描写生和在草地上闲散打发时光的人们。

街角，咖啡馆，我们再相见。

初夏来临，塞纳河的波光让人沉醉。

épisode 1

巴黎地铁是沙特风格显著的场所：

与幽闭恐惧症对峙时，所有乘客都成为彼此的猎物。

—— 法国作家、诺贝尔文学奖得主 弗朗索瓦·莫里亚克（François Mauriac）

地铁中的猎物

A game in the métro

巴黎地铁以"恶臭"闻名早已不是新鲜的城市话题。在皮乌·玛丽·伊特维尔（Piu Marie Eatwell）所著的《偏见法国》一书中，这位英国女作家为我们描述了巴黎地铁站的奇异的味道："巴黎地铁上除了人群体臭外，还有异常的气味。专家分析指出，地铁站之所以味道各异，其实是因为每站都有不同的复杂化学反应。例如，在巴黎市中心的玛德莲站（Madeleine），你能体验到绝无仅有的呛鼻恶臭，很可惜，那股味道完全有别于沾了普鲁斯特之光、会让人食指大动的玛德莲糕点。玛德莲站供地铁 14 号线停靠的月台尤其恶名远播，它的臭气主要来自地铁隧道里缓缓散发的硫化氢……"

如此精准的表述，倒是让我曾经在这站搭乘地铁、前往著名的玛德莲教堂的各种记忆支离破碎，只是每次我都没有觉察出这股硫化氢的味道，并为每次从巴黎地铁站走出地面时候的自己雀跃。因为玛德莲大教堂和与之对望的巴黎大道格外醒目和宏伟，真的会让人忘记玛德莲地铁站的脏与臭。在巴黎久住，日日搭乘地铁，在巴黎地下穿梭，已经忘记了巴黎地铁的恶臭，以至于嗅觉麻木，并以此成为习惯。相反，如果少掉这股巴黎地铁中的特殊异味，一定会让巴黎人魂不守舍，忘记了身在何处，对他们来讲是一个危险的信号。

我由 2008 年第一次乘坐巴黎地铁感到不安与恐惧，甚至内心抱怨，到如今的感知温暖和人间百态，竟然恋上经常充满气味的巴黎地铁。对于我来讲，这些气味仿佛是昭示，将带领我前往巴黎那些隐秘与感性并存的地方，像是一种深入海底的漫游，有窒息的危险，但却乐此不疲，甚至疯癫忘我！

我是否已经被巴黎"同化"？我只记得，2017 年 9 月的一个周末，从伦敦搭乘欧洲之星返回巴黎，在巴黎北站下车，即刻便投入巴黎地铁之中，我感到了前所未有的快乐和安慰，甚至是安全感。坐在巴黎的地铁中，我的对面有一个巴黎人，手里拎着宠物笼子，里面有一只病态和睡意自持的猫咪，身旁的中年妇女问起猫咪的状况，他们陷入了一次关于宠物饲养的温馨谈话。我朝着斜前方望去，一位黑人女子，从挎包里拿出一支烤玉米，看似偷偷摸摸吃起来，倒也旁若无人，独自快活，我能从她的面孔里读到一份饥饿，但是巴黎地铁默许了这种吃食的行为，巴黎地铁是人性的。除此之外，是我熟悉的巴黎地铁场景：那些从包里掏出一本小说、诗集开始阅读的人，散发着光亮与浪漫，时光仿若静止了，他们并未因为时代车轮的快速碾压而失去了阅读的初心与执着。我回想几个小时前，在伦敦地铁中周转并感知到的那份城市之味，和巴黎截然不同。伦敦的整饬、伦敦人的绅士做派让伦敦的地铁憋着一股子气儿，有时候仿若令人大气都不敢出，硬生生做了一回拘谨严苛的"绅士"。但是巴黎和伦敦，没有孰是孰非的对错感，城市风景和风格的不同，才让"双城记"显得迷离与饶有兴味，给予往返于双城的旅人以崭新的期待和情绪。

我去过很多大城市，它们拥有便捷与畅通八达的地铁系统，经常让人觉得头晕目眩，比如东京和纽约，只有深入城市内心，或者与当地人一道出行，方可茅塞顿开，迅速找到要领。有的城市，规整和繁忙到了一种让人后怕的程度。

我在香港的地铁站中，经常被下班人潮制造的冗长队伍吓退。那些穿行在中环的高跟鞋声音，混合着各色语言在地铁站中回响，让你根本没有机会在中环这样的地铁站中停下脚步。稍微不留神，刷卡的速度慢了，就会被后面紧跟着的人报以白眼与细小的怨愤。那些匆忙的脚步仿佛是滴滴答答不断摆动的闹钟，随时会有闹铃尖厉的鸣响，或者又如一颗"定时炸弹"，冷不防炸开一道生活的裂口，令人久久无法痊愈。

回到巴黎，才觉得巴黎的地铁到处都是人情冷暖。卖艺的小贩从一节车厢唱到另外一节车厢，多数面无表情的地铁乘客，都对这些卖艺人嗤之以鼻，但也有略带同情的少妇或者老人，会朝他们的帽子中投入少量的欧元，好像是戏剧结束前的一次奖赏。虽说有时候，我也很讨厌这些吵闹的卖艺人穿梭在地铁车厢，制造声势浩大的说辞与震耳欲聋的音乐，但大多数时候，这些看似浪迹在此的艺人们都略解风情，他们知道如何展示自己的绝技，以博得地铁乘客的同情，使之成为一种互为对望的"猎物"。这种风情也是巴黎特有的，卖艺者的歌声充满了魅力，手风琴拉得有模有样，有一些大放政治厥词的有识之士又兼具风度，让我们这些免费看客觉得于心不忍，在挣扎着是否要犒赏他们的一瞬间，地铁已经到站，这些卖艺人如风一般一溜烟儿从车门跑出，转线前往另外的列车了。

在我的记忆中，有一次不知是坐上了巴黎的几号线，地铁转为露天，窗外的巴黎街景——倒退，像是电影中的回顾镜头，倏忽而过。一个人坐在冬天的巴黎地铁上，此刻的车厢响起了我熟悉的一首歌曲，歌中所描述的正是一个旅人的寂寥心绪。我同样作为一个旅人，内心感受到了一种特有的慰藉，竟有些想要流泪，但是仍故作姿态，学习那些"麻木不仁"的巴黎人，感受着卖艺人从身边走过，在飞驰的列车里望向窗外的巴黎，其实内心早已被软化。在旅程的路途中，遇到这样的煽情时刻，像是一种褒奖，它显示了这座陌生城市和自我的对照，是难得的回响和彼此接纳。我已经忘记了那首歌曲的名字，但是那种感受让我刻骨铭心，我一直记得那刻巴黎地铁上的面孔，像是梦里的温柔乡。

但是，只要在巴黎住得久了，习惯了巴黎地铁的气味、面孔，渐渐失去旅行者初次造访这座城市的各种好奇，自然变得和巴黎的地铁一样，敦实、冷然以及漠不关心。但唯一不变的是，仍要提心吊胆，担心小偷扒手，以及面露狠色的亡命之徒。

我的朋友曾经向我讲述了一位中国女记者的遭遇。她初到巴黎采访，有一晚去参加主办方举办的晚宴，穿戴得华丽妖娆。因为主办方告诉受邀者如何搭乘地铁前往目的地，这位女士真的在夜晚搭乘了巴黎地铁，穿着晚礼服，招摇地在地铁中周转，随即成为被抢劫的对象。她丢掉了钱包和首饰，一路狼狈地逃出了地铁站，所幸身体没有受到伤害。她在巴黎夜晚的地铁站外号啕大哭，给在中国的男朋友打了一通电话，哭着诉说了自己的遭遇，并且咒怨整个巴黎，发誓再也不会来此采访！

这样的故事，稀松平常。巴黎地铁如此真切，上演着意外和悲欢离合，和巴黎的生活融为一体。1900 年为迎接万国博览会在巴黎举办而兴建的地铁，已经走过了一个多世纪的历程。虽然巴黎地铁在世界大都市中排名第五，伦敦在1863 年率先建成地铁，而后，纽约、芝加哥、布达佩斯等城市也相继建成地铁，但巴黎地铁不以规模宏大称雄，也不以站台华丽取悦于人，它朴朴素素、大大方方，真是一方演绎人间冷暖的舞台，收纳的尽是这些有点惊险、离谱，又日常的百态。

巴黎地铁，就像人生的列车，它没有那么华美动人，它真实得有些冷酷，但是旅客在面对凶险、孤独，绝处逢生的同时，也能感受到适时的、温暖的抚慰。当我离开巴黎，从电影中看到巴黎地铁熟悉的"Sortie（出口）"字样，心中总是升腾起一股莫名的乡愁。从这些出口进进出出的每一个时刻，在离开巴黎的日子里偶尔流露出无比忧伤与自我的情绪，那是巴黎教会我的一种对于人生的凝视。

巴黎地铁的恶臭与味道，也并非是让人无法忍受，大多数时候，巴黎各个地铁站内的异味都已经消失殆尽，正如我们惋惜那些消失了的左岸人文主义精神一样，是让人倍感失落的。皮乌·玛丽·伊特维尔写道："虽然巴黎地铁中大蒜与廉价吉普赛烟味已被其他化学臭味取代，但它闻起来依旧古怪。然而，出于复杂的社会及文化成因——复杂到只有左岸知识分子与解构主义哲学家方能解释——巴黎地铁独特且不可抗拒的臭气并不致命。反而，以人类学术语来描述，无疑是一条广纳疏离、兴奋、抗拒与危险等城市经验的重要纽带。"

丁香园咖啡馆，海明威曾经写作的地方。

ᕹ 卢森堡公园外，一张电影导演让－吕克·戈达尔的传记片海报。

☖ 美国女诗人艾米莉·狄金森的照片被摆放在书店的橱窗里。

ℒ 巴黎地铁中随时可以见到阅读的身影。

épisode 1

夜里，我们不得不关上窗户，免得雨水溅进来。护墙广场上的树叶被冷风吹得七零八落，树叶浸泡在雨里，而风驱赶着雨水，打在停靠在终点站的绿色巴士上。

—— 美国作家 欧内斯特·海明威（Ernest Hemingway）

一座天生就适合下雨的城市

Paris in the rain

在巴黎旅行，总会被雨淋，从我第一次去巴黎开始，这已经是一个"魔咒"。但是，巴黎是那种少有的在雨中也显得异常美的城市。说这话并非是我故意要乔装文艺，而是我觉得，巴黎在雨中会展示出一种别样的风情。被雨水冲刷的灰色城市，那些金色的穹顶会被反衬出愈加珍贵与辉煌的面貌，引得我抬头观望。

有时候，我会咒骂巴黎的天气，第一日还晴空灿烂，第二日便风雨大作，非常情绪化，似乎根本没有自然规律可循。这点又好像巴黎人的性格一般，阴晴不定，让人难以捉摸。

我记忆深刻的关于巴黎的旅行，总有风雨交加、饥寒交迫的瞬间。比如，第一次和朋友去拉雪兹公墓，为了寻找王尔德的墓，我们迷失在庞大的墓群之中。巴黎的冻雨把我们淋得像落汤鸡，被雨淋湿的我忍不住咒骂巴黎，像巴黎人一样不满地抱怨。我后来回想，为什么我每次没有带伞的时候，都会被巴黎的雨水打击得一无是处，非常狼狈。我觉得这是巴黎有意为之的恶作剧，专针对像我这样对巴黎存有浪漫幻想的人，真是当头棒喝，一场雨，让人现出原形，重返人间，那些花都浪漫的画面被雨水淋得一干二净。

不要以为伦敦才是一日四季的城市，像伦敦一样，巴黎的淋雨遭遇也让我习惯了出门带伞，因为不知道何时雨便会窸窸窣窣地落下来。一次懊恼的遭遇，大概是头一日和朋友畅游凡尔赛，领略了旖旎的风光，感受了一把悠闲的中产阶级情调，回去后才发现把伞遗落在了朋友的包里。第二日一早去邮局买邮票时，还是多云的天气，等回到家把邮票贴好，转眼就是大雨如注，不得已被巴黎的雨困在了家里。本想着下午雨停了，朋友下班后，就可以去她家拿伞了。谁知道，巴黎的雨根本没有停歇的意思。我在家里实在待不住，又冒雨出门了，心想这看似泪珠一样的雨水也无伤大雅，但真正走上了巴黎街头，还是被雨水弄得一身狼狈，在公交车站等车，期待早日钻进温情的避风港。

为了出门，我真是给自己找了很多理由，我想大概我是还未受够巴黎的各种坏脾气吧。选了这样连日雨的下午去巴黎春天百货，给了自己一个非常理直气壮的理由：可以去这家著名的游客百货商场换开我的一张 500 欧元的钞票。这家百货商店应该不会对我的 500 欧元大钞翻出白眼，毕竟这是巴黎最著名的游客（中国游客）百货商场。我想着到时候在收银员面前假装天真烂漫、非常无助的样子，兴许，他们就会帮我把这 500 欧元大钞换开的。在这之前，我已经尝试去了两家法兰西的银行。法国人的官僚让我接近绝望，无论我怎么解释，他们都不给我换。小职员说自己没有权力，要去找主管，主管来了又说银行不能换钱，并建议我最好是先把 500 欧元存在朋友的账户里，再取出来，听上去非常周折！

午后的这场雨，正好为我去换钱提供了理由——晴天的巴黎我都留给了观光和拍摄，雨天就该去处理这些生活杂事。从歌剧院附近下车后，我冒着雨走向"巴黎春天"。偶然一抬头，我看见铅灰色的巴黎建筑在被雨水冲刷后显露出几乎裸色的效果，它们褪去了铅华，显得非常迷人。风雨交加后，被吹落的法国梧桐叶铺洒在巴黎的人行道上，欧洲小布尔乔亚式的情调被这些落叶衬托和放大。走在这些大道上，遇到撑伞和不撑伞的巴黎女子，觉得她们的背影如此优美自信。她们根本不惧风雨，在巴黎歌剧院附近的大道上留下令人艳羡的轮廓。应该是雨天作祟，才会有这番情景吧。

我本来是要去巴黎春天百货买一个旅行包，准备回家打包第二日去伦敦过周末。我愈发迷恋这种法式的简单旅行装备，把很多东西塞进去，闲时又可以把这种防水旅行包折叠起来，省下空间。不出我的意料，巴黎春天虽然在这个雨天生意萧索，全场只有中国游客撑场，但营业员态度友好，我基本上选好了颜色就付款。当然，真正考验我演技的时候，就是在摸出这张 500 欧元大钞的时候。我乔装无辜可怜，编造了一系列的谎言。但是我觉得这未必是谎言——这张大钞确实是银行给我的，我没有选择，而且我是一名游客，作为来巴黎消费的中国游客（我第一次感到了一种道德绑架式的快感），还要在这家著名的百货购物。他们在听了我的诉说后，礼貌周到地让我耐心等待，当然，要换开这张 500 欧元，收银员要去禀报主管。几个法国人，因 500 欧元有些手忙脚乱和少许紧张，但他们都和颜悦色，对我十分友善。加之我英文混合着法文和他们解释一通，他们更觉得在巴黎这样一个风雨交加的下午，应该向这位孤立无援的游客伸出援手，以显示巴黎人的好客之道——这些都是我多想的吧。

成功换到了小钞后，颇有成就感，期间我还在巴黎春天百货的香水部徘徊，对于法国产的蒂普提克（Diptyque）香水爱不释手，感觉每一种香味都是这个雨天给予我的最大的安慰。感谢巴黎的雨天，它让我的情绪变得非常抽离，非常自我。它发酵了无限多的幻想，让我尝试去做一些在晴日时无法去做的事情。巴黎的多愁善感，都在雨天铸造。就连那些在雨中默默无语的几百年的巴黎建筑都成了孤芳自赏的符号。坐在公交车上，在被水雾装点的车窗上反射而出的巴黎，奇妙无比。车行过卢浮宫，那玻璃的金字塔已经成为一个模糊的三角形，等待我们去想象，去描摹。寒风中的巴黎人，黑色的着装大行其道，无所事事成了一种可以被容忍和原谅的情态。

巴黎在雨中是迷人的。这种迷人是无需打伞，要在雨中慢慢体会。当身体迎着雨水前行的时刻，我分明感到了一种召唤。只不过，我没有继续在雨中游荡，我的外衣已经湿透。我跳上地铁，回到公寓，等待下班的朋友。晚饭后，又淋了一身的雨，去她家拿回我的伞。只是此刻，我感觉有没有伞都不重要了，巴黎的雨，大概成了我最为重要的关于巴黎的记忆吧。

那么，在雨中的巴黎应该做的事情有什么呢？

1. 选一家你喜欢的博物馆，可以打发一个下午的时光。近日，很喜欢毕加索美术馆，未必要去名声显赫的卢浮宫，小型美术馆有更多遐思的空间。

2. 在咖啡馆里喝咖啡。因为巴黎人对于玩手机和对着电脑敲打的游客非常厌恶，所以还是拿一本书，在咖啡馆里度过吧。

3. 购物，而且最好是去游客较少的街区，但是街区也有问题，一家挨着一家的店铺，需要你随时撑伞，或者收伞，不嫌麻烦的话，还是去玛黑区溜达吧。

4. 在酒店里发呆，最好是在巴黎那些经年累月的古老酒店中。阴雨连绵的日子，这些酒店内部散发着更加浓郁的时光之味。

5. 去书店，巴黎的六区书店众多，或者是音像店，可以在那里听听音乐，偶然发现一张经典的唱片，该是多么巴黎的情愫。

6. 去教堂，抬头看穹顶壁画。坐在教堂里发呆，感受恢宏与神性光辉，获得新的灵感，体会建筑的语言和历史文化交相辉映的巴黎之美。

在巴黎这样度过雨天，你会觉得，雨天的巴黎，也可以非常有趣和忙碌，这是老天的恩赐——至少，我再也不会抱怨巴黎的雨天了！

巴黎的街角，是关于茂盛的年华。

6 走过巴黎的街角，常常被这些面孔吸引，她们或许就是巴黎最生动的映照。

♭ 喜欢夜晚在六区散步，只要在巴黎，我孤独的灵魂总被安放得很好。

épisode 1

一座简单的村子，坐落在一处相对的高处。狭窄和蜿蜒的街道，黑暗的简陋小屋，院子里飘来奶牛、奶酪类乳制品的味道。当地人透过他们的商店带着惊讶的眼神盯着你……

—— 法国记者、小说家 查尔斯·莫塞莱（Charles Monselet）

像特吕弗一般凝视蒙马特

François Truffaut's montmartre

　　每次我登上蓬皮杜的顶楼，总要从玻璃罩遥望蒙马特高地，白色的圣心大教堂十分醒目，那是一个巴黎的心结和文艺高潮所在。蒙马特起伏连绵，又像是另外一个独立的巴黎。

　　6世纪的蒙马特，不过是巴黎郊外的小农场，除了山顶上的一座教堂，就剩下墓地了。19世纪，法国记者、小说家查尔斯·莫塞莱在他1865年出版的著作《从蒙马特到塞维利亚》（*De Montmartre à Séville*）中描述彼时的蒙马特：一座简单的村子，坐落在一处相对的高处。狭窄和蜿蜒的街道，黑暗的简陋小屋，院子里飘来奶牛、奶酪类乳制品的味道。当地人透过他们的商店带着惊讶的眼神盯着你……从阅读蒙马特的历史书籍中得知：这座巴黎背面的高地小山，当年因为富含石膏矿而被掏空，现在由数十根强大的钢筋水泥柱支撑着。听起来，感觉蒙马特真是一个摇摇欲坠的虚空之地。

　　在夏日的末尾，一个无所事事的下午，阳光大好，我决定临时转乘几条地铁线去蒙马特高地看巴黎的日落，我已经在手机上查好了当日的日落时间。遇到蒙马特的阿贝斯地铁站电梯维修，乘客落车，只能从月台一路盘旋爬上顶部，上百级的台阶，蒙马特真是高地啊！感觉这旋转的楼梯似乎没有出口的样子，所有的乘客爬得精疲力竭！这上百级台阶也象征着一段穿越旅程，从巴黎的平地来到此处，必然有着一番奇异的感受！

从地铁出口走出来，蒙马特散漫、慵懒的气质展现在眼前，各种文艺青年在街边的酒吧摆造型。在被夕阳笼罩的巴黎傍晚，一定是要摆好造型的。街头艺人有着落魄的样子，但不妨碍他弹奏吉他，在地上摆出音响，声嘶力竭或者快乐无比地唱出自己的旋律，不求打赏，只求自我享受。是的，蒙马特给我的感觉就是，这里是特别注重自我享受的地方，好像是巴黎的高地，所以更加不遵循右岸的那份贵族规则与权力崇拜。蒙马特是一个打碎了巴黎各种规则的地方，所以才会吸引那么多的艺术家、诗人、作家停驻。但是和左岸的那种知识分子、精英主义占据上风的文艺风景不同，蒙马特有点嬉皮的玩耍性质，使得这里成了落魄艺术家们的避风港。蒙马特充满了一份乡愁感。

当年，法国新浪潮导演弗朗索瓦·特吕弗（François Truffaut）拍摄电影"安托万五部曲"时，他让男主角——长大成人的安托万（Antoine Doinel，让－皮埃尔·利奥德饰演）住在蒙马特。连续几部电影中，都会出现蒙马特圣心教堂的画面。我记得在电影《偷吻》中，23岁的安托万在蒙马特的一家旅馆担当夜班守门人，他从蒙马特的一间寓所推开窗，看到秋冬雾霭中的一个巴黎印象。在此后的系列电影中，特吕弗展示了安托万和女主角克洛特（Colette）的各种情感纠葛，是一种非常法式的方式。很奇怪，在法国文艺片中，男女主角争吵到你死我活，走到分手的边缘，并不是二人感情到了尽头——我对于这种法国式的恋爱风格非常诧异，但是只要住在巴黎，慢慢习惯了这种歇斯底里与毫无章法的爱，你也可以欣然接受，原来爱情的真理是：我爱你，所以我那么恨你！

在特吕弗的眼中，蒙马特是如此温柔，它吸纳了一个文艺导演内心的那种恐惧、后怕、无助，以及面对权贵和巴黎主流文化的排异心理。所以安托万的人生，有一大半都是在蒙马特度过的。我相信，每一个导演的镜头里都有一个自己的身影，安托万就是特吕弗自己。很多时候，扮演安托万的男演员让－皮埃尔·利奥德和特吕弗像是孪生兄弟，我无法把他们分辨开来。我特别喜欢看特吕弗的"安托万五部曲"，看这个男主角从少年到青年，再转入人生的中年，像是奇遇，又像是苦乐年华，这就是我们的人生。人生的那些理想、爱情、人来人往的过眼云烟，是现实的歌行板。

如果没有特吕弗在电影中对于蒙马特的这般描述和凝视，我在这个傍晚也不会觉得当下的蒙马特有那么一丝惆怅的意味。我跟随着记忆，沿着此地这些起伏的道路一直走，走向圣心大教堂。沿路经过了游客扎堆的小广场，现场作画的匠人们还在不依不饶招揽着生意，小的意式比萨餐厅人满为患，感觉肚子有些饿，去一家面包房买了蝴蝶酥，准备去圣心大教堂门口的阶梯迎接日落。

2008年，第一次来圣心大教堂的时候，并没觉得这里游人如潮，只有小贩是巴黎的毒瘤。当年我总是一路小跑冲过这些黑人小贩制造的人墙。只有那些礼貌的日本游客会面露难色，被他们"打劫"一番。这几年，巴黎市政府下了决心，整治旅游景点的黑人小贩和吉普赛人。但是这个巴黎毒瘤依然拔不掉，还是会有兜售纪念品的黑人让人心生介怀，以及那些拉着游客签名、做调查，最后要钱的吉普赛人，加之欧洲难民涌入，让整个巴黎的浪漫景观不复存在。这个傍晚，黑人小贩少了很多，但是游人把圣心教堂围了个水泄不通，让蒙马特的文艺性质大打折扣。我根本无法在一个人少的地点完整地观看日落，因为看来看去都是人头攒动，以及各国语言风起云涌的嘈杂，很是可怕！

我记起2014年带一位朋友来圣心大教堂，吃过午餐，我们在周末的下午遇到唱诗班的合唱，一起在圣心大教堂里听完几曲合唱，才肯离开。那也是我第一次在圣心大教堂听唱诗班合唱，走进去抬头观看穹顶，忍不住一番赞叹。但是我依然觉得从巴黎的远处看白色的圣心大教堂是如此美的享受，它孤傲的美，比走进教堂内部得到的震撼要大得多。

我准备原路返回，在圣心大教堂旁的石板路上，我爬上石栅栏，隔着栅栏朝着落日挥手，我的举动引来了一家游客的效仿，我们无法用语言交流，他们竟然学我，也跳上了石栅栏，挥起手来。我觉得在圣心大教堂的游客都疯了，从所有角度拍摄着巴黎，不放过任何一次按下快门的机会。我举着相机，让镜头穿过栅栏的孔隙，咔嚓，拍下落日余晖。这是一个非常混沌的巴黎，轻曼的雾霭和晚霞混合在一起，让我想起了一首歌：伊夫·蒙当（Yves Montand）演唱的《巴黎民谣》（La Ballade de Paris）。这首歌曲调松散，巴黎的风琴伴随着伊夫·蒙当深沉沧桑的歌声，让人沉醉，但是你并非清楚知晓来日琐事，这是巴黎的一种状态，一切未知，一切皆梦幻。我们等待醍醐灌顶的时日，好像就是特吕弗最后让安托万在人生的转折点体会到的那种欢愉与痛楚。

我忘记了回到阿贝斯地铁站的路，乱走，远处酒吧的爵士演奏吸引了我。我顺着音乐的声音往前走，站在一家现场演奏的爵士乐酒吧前，久久不愿离去。大提琴乐手把大提琴架在酒吧门口，说笑和随着音乐摇摆的人们对着小巷子喝酒聊天，如此逍遥，如此随心所欲。蒙马特在这一刻才显示了艺术家温床的效应，引来我这样的过客，深陷其中，无法自拔。大提琴演奏的爵士旋律非常浓郁，像是这些"喝一杯"的人们手中捧着的红酒，但与此同时，路过这条街巷的人们，从不选择走进这家酒吧，总是自顾自前往自己的目的地。蒙马特的文艺气质很自我，非常独立。所以，蒙马特才保持了一个无法被巴黎权贵稀释的样貌吧。

我的一位朋友：竹林，在巴黎居住超过10年。作为在巴黎媒体工作的中国人，他在他的文集《巴黎，我已经开始想你了》里写自己和巴黎蒙马特的因缘，我被他文字里的蒙马特吸引："这条寂静的山路蜿蜒着伸向右边的圣心教堂，极少的游客，宛如雨后的秋日山野，是极淡极雅的安宁。一种与正面蒙马特天壤之别的落差……这里的蒙马特是一束温柔的光，可以探到内心深处，让你不由自主地放慢步伐，极浅极轻地游走其间。"蒙马特的背面，是16世纪就存在的巴黎最古老的葡萄园，是巴黎一段鲜为人知的历史，多少追寻灵感的艺术家生活窘迫，却依然可以在这里买醉，遍尝美味的葡萄酒。

我第一次去蒙马特是为了找寻电影《天使爱美丽》里的那家水果杂货店，当我第二次去蒙马特的时候，就再也找不到那家水果店了。但每一次去蒙马特，都会给我新的风景，新的感悟。我终于凭借直觉回到了通往阿贝斯地铁站的石阶，从这里往下眺望蒙马特，层次分明，巴黎铅灰色的屋顶，陶制的小烟囱依然醒目，烘托着整个巴黎的情绪，想起朋友竹林的描述："从小窗中泛出的灯光像罩了层缎子似的温柔朦胧，没有树木花草，线条干脆得就像一幅浑然天成的素描……"

特吕弗死后葬在蒙马特墓园，想一想也是非常妥帖的安眠。2018 年夏天，我在一个周日前往蒙马特墓园。特吕弗的墓碑非常简单，只有名字与生卒年份。墓碑上放着鲜花，还有影迷放上的一张巴黎地铁票，那是因为我们一直怀念他在电影中塑造的巴黎时空（特吕弗最为著名的一部电影作品叫作《巴黎最后一班地铁》）。特吕弗在此长时间凝视着蒙马特，像是给予我们一种永恒的眷恋，对巴黎也好，对人生也罢。

♭ 在蒙马特高地遇到一只猫。

ᕲ 巴黎的橱窗有各种惊喜的细节。

蒙马特高地的一个斜坡。

ONE

épisode 1

美国是我的祖国，巴黎是我的家乡。

—— 美国文艺评论家、作家 格特鲁德·斯坦（Gertrude Stein）

墓园情话

Love at the cemetery

　　巴黎人谈情说爱的方式有时候真是超越了我们的想象，墓园也可以是幽会之地。有一次和朋友去拉雪兹神父公墓，辗转寻找"门"乐队主唱吉姆·莫里森（Jim Morrison）的墓，我们左右不得其所，就在这些挨着的墓碑间乱走，偶然间撞见一对正在私语的恋人。两人柔情蜜意，像是有很多心里话，藏了一肚子的小情绪，要在静谧的墓园里宣泄。

　　我和两位朋友都觉得有些诧异，但这对男女非常自如，看到我们经过，他们松开了双手，但依然注视着对方。我们擦肩而过不过三四秒的时间，但我仿若已经察觉他们的幽会应该有一些秘密要讲。在这墓园深处，把情爱密码全盘抛出，周围都是故人，不用担心秘密被人偷听。这些只属于两个人的私语仿佛永远被埋葬在了墓园里，是一种多么飘然的恋爱方式。

　　有那么一刻，我看了一眼墓园中的这对情侣，他们神情专注的时刻，似乎是侯麦电影中的恋人，追逐彼此但又若即若离，这种情感与神态非常巴黎，我很难将其复述和归纳清楚。就像有一些东西必将属于巴黎，并且只有在巴黎才可以绽放这样复杂的情绪。约会在墓园，是妥帖、浪漫，带有灵性与秘密感的一种仪式，墓园的安静和沉思，恰好为解决浮躁内心和举棋不定的恋爱提供了转折的陪衬。

说到巴黎的墓园，去了两次的有拉雪兹神父公墓，每一次都从地铁站外的小门进入。第一次去的时候是冬日，遇到巴黎的冬雨，被淋得一身狼狈。但也幸运地找到我要找的墓志铭，比如，奥斯卡·王尔德、吉姆·莫里森。在我写第一本书《孤独要趁好时光》的时候，已经详细叙述过那次经历。只是后来再去拉雪兹神父公墓，为了禁止人们继续亲吻墓碑，留下红唇，王尔德的墓碑被玻璃墙包围起来。墓碑变得干净，因为竖立起来的玻璃墙，又显得太过招摇，但也恰好映衬了王尔德的内心——不甘寂寞，流芳百世。

去年又去了蒙帕纳斯墓园，好朋友住在墓园对面的小区，要知道这可是巴黎六区最贵的住宅小区之一。和墓园为伴，在巴黎人看来，真是上风上水的宝地。因为人杰地灵，感觉被诸神眷顾，亦可感知岁月的痕迹。因此，占地面积不小的蒙帕纳斯墓园外的马路整洁安静，和墓园对望的小区整饬富饶，给人一种安然自持的感觉。我和朋友在墓园即将关门的时候走进去，为了寻找美国女作家苏珊·桑塔格（Susan Sontag）的墓地。我们走进墓园，向墓园看管人询问墓碑的位置，她拿出一张墓园的地图，密实的墓园中点缀着数以万计的墓碑。首先需要知道要寻找的墓碑的"纬度"（每一个墓碑都被精心纳入了地图中），找到号码，像是寻找街道住址一般，前往墓碑，才不至于南辕北辙，或者一无所获。墓园看管人提醒我们，墓园即将关闭，所以我们必须尽快按照地图指示，前往苏珊·桑塔格的墓碑。

即便是按照地图指引，到了指定的区域，在茫茫墓海中寻找一块特定的墓碑还是困难的，因为这些紧挨着的墓碑长相相似，一个挨着一个，根本无法辨认。遇到一个在墓地闲逛的年轻人，向他打听我们要寻找的苏珊·桑塔格的墓碑，他一脸茫然。显然，这不是一个和他的时代有太多关系的人物。随着朋友的一声尖叫，我们终于找到了一块平躺着的墓碑，平实不已，上面清晰地铭刻着"Susan Sontag"的字样，标明了生卒年代。在墓园即将关门的这一刻，墓园的寂静空旷可以把人的内心吸进去，我们站在墓园中，好似被一种潜伏着的气息感染，但这种气息并不是死气沉沉的。我和朋友兴奋地奔跑在蒙帕纳斯墓园里，空寂的墓园留下我们跑步的声音。跑到即将关闭的大门旁，朋友用法语向看管人道谢，看管人似乎看出了我们的兴奋，不依不饶地和我们寒暄起来，她好像忘记了时间的流逝和内心的疲劳。也许，我们就像是她每日接待的游客中的两位，和所有人一样，在这里寻找安慰、映照，以及一丁点关于巴黎的文艺往事，再把这些往事努力塞进行李箱，打包带回家，继续咀嚼，使之成为一种关于巴黎的美好谈资。流芳百世的美谈，从墓园开始。

蒙帕纳斯墓园成为我现在最喜欢的巴黎墓园，也是因为在巴黎的六区，埋葬着我热爱的文化人物：诗人波德莱尔；法国哲学家萨特与波伏娃；与萨特为邻的放荡不羁的歌手、作曲家、诗人塞尔日·甘斯布；此外，在蒙帕纳斯墓园还埋葬着作家玛格丽特·杜拉斯，莫泊桑的坟墓也在这里……每一次去巴黎墓园溜达，冷不丁就和这些伟大的名人进行一次"神交"，感觉内心被鼓舞，仿若是投入巨大的情感旋涡中，可以感知他们的深刻灵魂和人生的起承转合，并且被巴黎的这种接纳和包容所打动。

在上一章，我提到最近去了蒙马特公墓。当年，我并非查阅资料得知导演特吕弗葬在蒙马特高地的公墓，只因为我在他拍摄的"安托万五部曲"系列电影中看到，他总是把自己电影的主角安托万安排在蒙马特出没，而且连续几部电影中，都有他依依不舍拍摄蒙马特圣心教堂的画面。据此，我便猜到，蒙马特是特吕弗心中最热爱的巴黎地标，一个属于特吕弗的巴黎所在，他一定会选择死后长眠于此。蒙马特公墓依然浓缩着巴黎的文艺符号，在我到访这座较小墓园的时候，还瞻仰了司汤达、小仲马、海涅，以及我喜爱的画家德加的墓碑。

不知为何，心灵的故乡和出生的故乡可能出现巨大的差距。正如德国哲学家尼采所言："对艺术家来说，欧洲城市里唯有巴黎是故乡。"美国前卫艺术收藏家、文艺评论家、作家格特鲁德·斯坦也说过同样的话："美国是我的祖国，巴黎是我的家乡。"

仿佛，每一个和文艺相关的传奇都与巴黎连接在一起。不知为何，我觉得这是一座城市的宿命，也成为众多作家、艺术家的宿命。在他们和巴黎纠缠不清的众多历史典故中，必然有一个是打动我内心的，并已成了我的心灵故乡。

ꔈ 在蒙帕纳斯墓园，终于找到了苏珊·桑塔格的墓碑。

ꔈ 在蒙马特墓园，特吕弗的墓碑上总有影迷放上的巴黎地铁票。

6 行走在寂静的墓园，寻求一份内心的安稳。

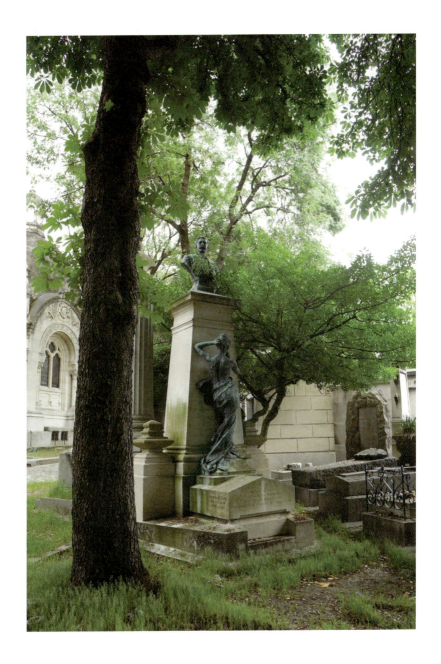

♭ 巴黎太包容，它不管你的前世，但它为你开启着永恒的来生。

JE NE
PENSE QU'
À ALLER
À PARIS

épisode　2

巴黎的微小表情

épisode 2

在巴黎夜以继日走了一些路，从蒙马特到蒙帕纳斯，细细把自己从前的生命，
里外翻开，像把大衣送去干洗前先把大小口袋翻遍再逐一把纽扣检查一遍。

—— 香港作家 陈宁

夜以继日的散步时光

Walking in Paris day and night

　　巴黎一直是一座适合散步的城市，"散步"本身就是一种非常巴黎的生活方式，和在巴黎喝咖啡一样，可以成为一种日常。即便是第一次造访巴黎，也可以手握一张地图，在巴黎最著名的塞纳河沿岸，按图索骥，把巴黎著名的景点逛个遍。虽然巴黎的地铁网络方便快捷，自1900年就开始运作的地铁是巴黎大都会的一种骄傲，它密如蛛网，可以抵达城市的任何一个区域，但地铁无法取代在巴黎散步的魅力。在巴黎只有散步，方可以随时体会和把握巴黎的城市美感，以及撞见最为巴黎的人文风情。

　　巴黎适合散步，因为整座城市规划以凯旋门为中心，四面发散，而又以塞纳河为两岸界限，使得方向感清晰可辨。历史上，巴黎经过了两次规模宏大的城市改造和规划。其中，始于19世纪中叶的第一次改造由奥斯曼主持，这次改造以大规模的规划极大地改变了巴黎的风貌，具有很强的前瞻性，基本奠定了巴黎今天的城市格局，对巴黎古老的历史建筑和城市风貌造成了严重破坏的同时，也奠定了巴黎主要大道的宏伟与整饬；而第二次改造是在"二战"结束后，历经纳粹和战争摧残，从20世纪60年代开始被政府不断完善和改造，加强了对历史建筑和城市风貌的保护，通过建设新城区，减缓老城区的压力，使旧城的风貌和历史文化遗产得到保护和延续。漫步在巴黎，领略这座大都会的历史沧桑与无与伦比的风格，是热爱巴黎的人必须要做的事情。

如果是长期旅居巴黎，闲时没有工作的压力，就更要享受在巴黎的散步时光。每次造访巴黎，总免不了在巴黎散步，无论是在熟悉的街区走来走去，去那些熟悉的店铺，还是和朋友探索新的散步路线，巴黎始终有惊喜。如果你还记得那部"话痨"电影《日落之前》，一定记得影片中的男女主角，在参加完左岸莎士比亚书店的新书分享会后，沿着巴黎的巷弄一直散步，一直讲话，穿越塞纳河回到闹市中的场景。在巴黎，散步几乎就是浪漫的代名词，几乎所有的谈话和关于内心交战的那些时刻，都可以在散步中发生。有时候是一个人的散步时光，让人愈发顽固地爱上这座城市，有时候是和朋友一道在散步中升华友谊。

待在巴黎时，一个稀松平常的日子，我和朋友约在卢森堡公园见面。夏日的午后，卢森堡公园的草坪上躺着懒散的巴黎人。水池旁坐着边写生边发呆的巴黎男女。无所事事与闲散度日，似乎是巴黎夏日的一种表情，让人们的散步显得更加轻盈与毫无目的。其实，在巴黎散步的要诀之一就是不要有太强烈的目的性，这样往往会加大在巴黎街头巷尾的"奇遇"性质。

对巴黎的熟悉，已经让我过了非要去名胜古迹"报到"的阶段。所以，我和朋友的散步起点并非一定要约在左岸圣日耳曼大道（Saint-Germain-des-Prés）的"花神"与"双叟"咖啡馆，我知道那里经常游人如织，是一个不可被复制的巴黎存在，有加缪、萨特与波娃等众多艺术家的光环存在。你需要忍受这种景点里巴黎侍应生的傲慢，他们不可一世，认为自己的血脉里有着昔日那些知识分子的痕迹，他们是咖啡馆里的 Boss。前往巴黎"花神"与"双叟"咖啡馆的人，没有人可以轻易就享受巴黎的一份知识荣光。历史不可以重复，心绪亦无法补救，那些带着朝圣心情的人往往碰了一鼻子灰，愤然离场，说着法语的侍应生才不管你的内心，他们一个个都是咖啡馆舞台里的一个角色，乖戾固执，像普通的巴黎人一样，他们有着浪漫的思维，但是满是抱怨，他们活在自我的世界里，如同整个巴黎都按照自己的步调运转。

我想到以前读的香港作家陈宁在《书城》杂志上写的巴黎咖啡馆里的侍应生们：

他们知道你在看，有时不经意流露一点矜宠。没有多余的句子与动作。你点咖啡，他们把咖啡端来，同时放下账单，搭讪可以，看看是谁，常客嘛（时间培养出来的君子之交），见面来一个亲脸仪式，留一张常坐的桌子。你喜欢他们端咖啡的手势，不由自主走到他们身边。"小姐，请问有什么需要呢？""请问洗手间在哪里？"他们温柔地笑了，"从这里登上二楼，左转就是了。"

另一些时候，他们更喜欢担当自己的形象设计师，有意识地颠倒众生。譬如，在万神殿旁边那个，分明是个拉丁情人，端咖啡来，先玩一点小魔术，或拿着浅绿色小烟灰缸跳一支短舞才愿意把它搁到你桌上。观众给逗得乐不可支，还想再来一回时，他又不想要宝了，回到他原来的角落，不苟言笑地继续泡他的咖啡。下班后，你看着他骑摩托车离去，他临走时远远地抛给依依不舍的观众一个飞吻。

观看巴黎的细小表情是我在巴黎散步必须要做的事情。让人啼笑皆非的是，巴黎的"傲娇"和"可爱"一样是让人又爱又恨的。这一点，如果你在巴黎时，常常在街头散步的话，真的会感同身受！

即便是可以逃过巴黎的咖啡馆门外数不尽的游客景观，尽量不和"不可一世"的侍应生做"正面冲突"，但在巴黎大道的散步亦无法躲避那些自成一体的巴黎"小宇宙"。旁若无人的巴黎人喜欢在街头甩下靓丽的身影，以及难以复制的婀娜身姿，有男有女——这也是巴黎的魅力，四目相交之下，是被点燃的欲望，以及期冀可能散发的情感波澜。

我十分喜欢巴黎人的这种"自我中心主义"的自信，这恰巧也是法兰西文明中的一种格调。画地为牢的法国人，拥有自我的天地，只要是坐在咖啡馆的一角，整个环境都可以为其所用，不太在乎旁人的眼光，一切都以自我的舒适和表达作为基础——这也是巴黎女人迷人的地方，虽然不需华服傍身，却也可以手拿一本书，或者含着烟卷展露性感与自信。若想要接收到巴黎人的此番信号，你亦需要学习巴黎人的这份超级"自恋"的心态，并将其演绎到全身上下，形成一种巴黎气场，那是吸引人心的一种美感，我往往是在散步中体察到的。

我热爱在巴黎的街头散步，乐此不疲，而散步又和巴黎的咖啡馆紧密结合，让我看到巴黎的匆忙、散漫与精巧。我在街角等红绿灯，往往可以和坐在咖啡馆街边打望着的人目光交织，我感到心跳加快，亦觉得是如此优美又日常的相遇。巴黎的柔软可亲，把它偶尔的乖戾和自大都掩盖了。闲来无事的时候，在巴黎大概也可以随意找到寄托，只要在塞纳河边走一下，或者走路到左岸去，所有的心情都能恣意排解。

时光又倒转了回来，我和朋友走出卢森堡公园，看到斜阳照耀着若干精致的店铺，两情相悦的男女，手牵着手，在街头热吻。夏日，整个巴黎都在恋爱——这就是我热爱的巴黎，此情此景已经被文艺小说和电影戏码描述了很多遍。我抬头看到了蒙帕纳斯车站高耸的大楼，这是巴黎老城中唯一的高楼吧。时光一下把我拉回到从前，2008 年 11 月，那时第一次从奥斯陆飞到巴黎，同学来机场接我，带我来到蒙帕纳斯，再坐火车去凡尔赛；2009 年夏日我又造访巴黎，巴黎成为我心灵眷恋不已的归属地——但是我知道我是一只无脚鸟，永远在飞翔，永远不想有落脚的那一天。巴黎充满了流浪的质感，它让我觉得人生不过就是白驹过隙，但是却须时时刻刻被仔细打望，需要热烈生活，追求自我！

是的，只有在巴黎散步的时候，记忆和时光才能这样被浪漫地串接起来，引来短暂的思考和过度的抒情。这座纸上城市，浪漫的乌托邦，总是这样不真实，打破了幻想和真实的界限，有时候是让人非常惶惑的。我记得有一个夜晚，从地铁站里出来，遇上瓢泼大雨，我走过了巴黎圣母院，在桥头撑起伞，一位男子走到我的伞下，只是稍微停留。雨实在太大，大到把所有人都淋湿，他对我微笑，示意只是借我的伞平息一番奔跑的热度，然后我们同走了一程的路，再微笑告别，一切都是巴黎的样子，以圣母院和塞纳河为背景。

正如陈宁写的文字："在巴黎夜以继日走了一些路，从蒙马特到蒙帕纳斯，细细把自己从前的生命，里外翻开，像把大衣送去干洗前先把大小口袋翻遍再逐一把纽扣检查一遍，看看有没有掉线，里外翻开清洗、涂抹，细细地处理过，像是新的其实还是旧的，却已是带有韵味的物事，可以立即穿上，未来还可以再度回收。"

我感觉，我在巴黎总是会走很多的路，比如去了两次拉雪兹神父公墓，依然迷路，走了很多重复的路，听懂指路人的些许法文，最后只能在王尔德的墓前坐下，旅途的疲惫在某一时刻准时袭来，这块王尔德的墓已经被玻璃外墙围了起来，幸好多年前的夏日我来看过，如今真是让人敬而远之。

曾经有很多朋友问我巴黎的散步路线，我只能微笑不予回答。每个人都会有一个属于自己的巴黎散步时光和路线，因人而异的风景，裹挟的必然是私人的回忆。但是毫无疑问的是，"散步"已经成为巴黎最迷人和最具卖点的一个旅行事宜。我有一次入住巴黎香格里拉大酒店，在酒店房间里就摆放着一本由酒店编辑拍摄的巴黎散步书，细心妥帖地为游客推荐由酒店开始如何进行一次彻底的巴黎散步之旅。每一条散步的路线都十分精彩，大约因为巴黎的庞大和事无巨细可以被人津津乐道吧，只有日常的东西成了审美的主体本身，才会让散步变得有意思。因为所见所闻的东西，从日常出发，引人注目，引发思考，孕育文字和想象，是巴黎给予我们的恩惠。

那么，关于在巴黎散步的要诀还有什么呢？我觉得，一定要像一个巴黎人一样，镇定自若，必要的时候可以拿出一些道具：比如图书、法棍、一束鲜花，从巴黎老旧的街道穿过，巴黎200年以来的城市排水系统还在运作，那些从石板路上溅起的水花，不偏不倚都会在你的裤脚上留下印记。这个时候，可以学习巴黎人，双手抬起，抱怨咒骂，转眼却又风轻云淡，继续和这座城市谈情说爱……

ら 下午，在圣路易斯岛从街头走过的路人。

夏日的阳光照耀在卢浮宫外的广场上。

走过圣日耳曼大道，忽然见到巷子深处的一座教堂。

在玛黑区散步，总有一些姿态留在记忆里。

épisode 2

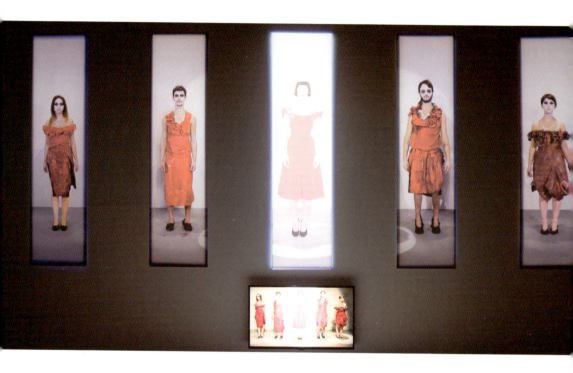

狩猎装之红、黑以及带有仪式感的金。精巧和炫耀。

制服象征着征服、制约、等级森严。

—— 比利时艺术家 米歇尔·波利曼斯（Michaël Borremans）

永不落幕的是我们漂泊的心

I am a nomad in my heart

　　记得那天也是沿着塞纳河散步，巴黎如此缜密，让我过目不忘。走过新桥，走过卢浮宫，德赖斯·范诺顿（Dries Van Noten）的展览在卢浮宫旁边的装饰艺术馆（Les Arts Décoratifs‑Mode et Textile）举办。这是一个非常专业的博物馆，买票的时候，礼貌的巴黎老太太问我们是不是从日本来的，我们告诉她从中国来，她满心热情，发给我们展览的册子，那一派花枝烂漫的门墙，我不看标识也知道是到了德赖斯·范诺顿展厅前。

　　推门进去，黑暗的屋子里陈列了各个时代的华服靓衫，展览一一铺陈的是给予德赖斯·范诺顿创作灵感的那些元素：流行音乐、摇滚音乐、经典电影、古典绘画。我们围着这些陈列的华服观看，看到德赖斯·范诺顿的那些灵感之源，我觉得很欣慰。因为很多的灵感都是我热爱的，我看到了希区柯克的《迷魂记》；看到了王家卫的《花样年华》；看到了阿尔莫多瓦的《高跟鞋》；看到了维斯康蒂的电影以及被他的电影人物所启示出来的男装。二十世纪六七十年代的美学指标，都是我满心喜欢的，我觉得德赖斯·范诺顿就像是一位精神导师带领我一一回顾了我所热爱的事物。

　　展览让人心醉神迷，像是遨游在欧洲电影文学和艺术史中，德赖斯·范诺顿不愧是一个热爱美的大师。这些衣服、这些设计全部是关于美男子、美丽女子的，每一件衣服都那么美。他热爱的那些绘画、电影、角色、灵感也美，美到一种令人忧伤的程度，在展厅中陈列着普鲁斯特的画像，仿佛是告诉我：德赖斯·范诺顿用时装术记录着"似水流年"。

德赖斯·范诺顿的展览塑造了一种孤独和自我审美的神秘面貌，让喜欢他、关注他多年的观众非常满足——至少于我是这样。在整个展览中，我还挖掘出新的热爱，比如在展示制服（Uniform）灵感的时候，我被比利时艺术家米歇尔·波利曼斯的画作《Lakei》吸引，这幅2010年的画作来自安特卫普的芝诺×画廊（Zeno×Gallery），我久久站立于这幅画前，无法移步。我后来翻看买的画册，关于这一章的制服，有这些文字："Hunting red, black and ceremonial gold. Sophistication and swagger. Subjugation. Restriction. Hierarchy."（狩猎装之红、黑以及带有仪式感的金。精巧和炫耀。制服象征着征服、制约、等级森严。）

德赖斯·范诺顿还在展览中为观众介绍了自己居住的城堡花园，住所离安特卫普不远，却处处透露出艺术气息。从买的画册来看，这城堡花园静谧自持，夏日天空的流云，玫瑰花开放的时日，显露出一种芬芳气息，室内摆设也如此德赖斯·范诺顿。或者这样说吧，德赖斯·范诺顿先生把我热爱的都展现了出来，而且拿捏得那么精准。所以我感叹，是什么样的人会成为朋友呢？是什么样的热爱会把你和你的朋友、爱人凝聚在一起呢？就此，我要感谢德赖斯·范诺顿，他的时装术并非简单的时装设计，对于我，就是一种心灵慰藉，是一杯克己而伤怀的酒，饮下并不求深醉。看完展览，买了一本很重的画册，后来，我抱着这本厚厚的展览出版物走了长长的旅程，并在不断翻看这些画册的时候，感受内心的悸动和难以名状的安慰。

最近几次去巴黎，反而很喜欢去东京宫（Palais de Tokyo）看当代艺术展。东京宫的艺术展充满了奇思妙想，创意十足。特别是上次住在巴黎香格里拉大酒店，旁边就是现代艺术馆，步行就可以抵达，十分方便。这座1942年亮相巴黎的艺术展馆位于塞纳河一岸，毗邻"纽约大道"，分为东、西两翼。如果说对于初来巴黎的游客，卢浮宫、奥赛等博物馆已经让人厌倦，那就来东京宫吧。起码在这里，不会有此起彼伏的人群，且东京宫的开放时间要到夜晚 12 点，太适合喜欢夜游巴黎的人了。

我第一次去东京宫的时候，跑到楼下参与了一场行为艺术的展览：永恒的火焰（Flammeé Ternelle）！艺术家托马斯·赫赛豪恩（Thomas Hirschhorn）把东京宫的地下一层用黑色汽车轮胎装置满当，用胶带缠绕家具，设置出不同的区域和吧台，并燃烧起篝火，年轻人非常兴奋，跑来感受一种革命的迷离气息，小孩子来到这里，在父母的带领下把聚酯泡沫一一捣毁。场内写满了类似大字报式的标语，艺术家偶尔坐在一个角落开始朗读革命的颂词，批判时代和社会的毒瘤，我像是步入了一场戈达尔式的电影场景中，非常左翼。

这个装置艺术展览呈现了一种趣味庞杂的现代性，你可以看到即兴的演出，还可以看到预谋好的艺术展示，以及类似于学术讨论会的场景。艺术家托马斯·赫希霍恩大约是想通过多媒介、多渠道去展示自己对于当代社会的一种认识，这种庞杂、错乱以及即席的特征背后，其实是我们脆弱和不堪一击的虚伪和做作！

我认为，这种免费的装置艺术带有强烈的主观参与性，使得装置艺术本身成了一种有着行为艺术感觉的创作。走在这些废旧的、被艺术家装饰成遗弃的未来乌托邦空间中，还可以去中间的吧台喝一杯，聊一聊革命、理想和社会现状，真是有意思极了！

2017 年 4 月再去东京宫，选择夜晚入场，就是想体验一番夜游东京宫的气氛。楼下的展厅依然有光怪陆离的展览。巴黎的"奇形怪状"在那些现代艺术的展厅中被无限放大了、映照了。"见怪不怪"早已是巴黎的规则。我和一个"孵蛋"的艺术家聊天，他一直坐在这个装置艺术中，尝试"孵蛋"。我又穿梭在幻影十足的空间里，看当代艺术家的雕塑作品；在空旷的类似于剧院的展厅聆听艺术家骇人的独白。

我很喜欢东京宫的装饰，那是去掉所有装饰的一种方式。特别是楼下展厅，因为随时要更换现代艺术展，所以墙体和支柱都露出建筑的痕迹，十分"野"，十分"直接"——这仿佛是巴黎的另外一面：聒噪、愤怒、破坏性十足。东京宫所要呈现的即是打破巴黎式的优雅的审美风格，更是一种"全球化"的青年艺术审美浪潮——巴黎，变得更加全球化。

我喜欢东京宫，还因为这里的氛围完全是年轻人的艺术空间，类似于我在伦敦的巴比肯（Barbican）撞见的气息，像是全民联欢，但又并非是20世纪70年代的嬉皮无主调概念。这里的人都很清醒，他们流露出相似的城市文化和艺术气质。东京宫的商店我更喜欢，很有工业感，满场我喜欢的杂志和画册摆放在一起，有一些杂志被放到很高的地方，不得不让服务生帮忙取下来，跟旁边咖啡吧的年轻人，愉快畅聊，瞬间觉得回到了以前做杂志的年纪。

我记得，我反反复复来往巴黎的日子，总和博物馆、艺术展相关。在不同的艺术馆，遭遇不同的文化、艺术的冲撞，有时候直抵人心，有时又感动满怀，巴黎的惊喜通过这些展览亦被叠合出多元和立体的样子，让人应接不暇。我记得，那日坐地铁去东京宫，从地铁站走出来，那场巴黎的雨没有减小的意思，撑伞的巴黎男子，有一个可以被怀念的背影轮廓，而走近东京宫的沿途，巴黎铁塔仿若触手可及，且从巴黎的任何角度望过去它都是美的……

ㅇ 在东京宫遇到的当代艺术展览，这场展览的互动性很强，观者不仅可以走进艺术家在
现场摆设的场景中，还可以参与艺术展场的互动。

ᘓ 在巴黎的东京宫，遇到一群艺术家，他们坐在堆砌的汽车轮胎中朗诵着革命诗
歌一般的宣言。让我觉得，巴黎是艺术革命者的温床！

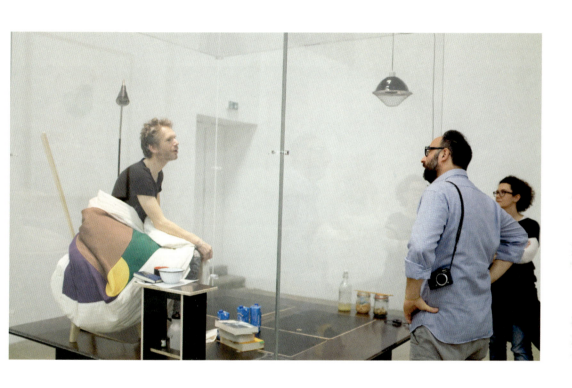

╰ 2017 年 4 月，在东京宫碰到一位"孵蛋"的艺术家，在玻璃窗外和他聊了几句，并祝他早日成功！在我返回中国后不到一个月，得知他真的"孵"出了小鸡。

夜晚，在东京宫，感觉奇幻与迷离。

♭ 一束红光穿过东京宫的洗手间。

置身巴黎，就像置身于艺术、文学和音乐的广阔宇宙，这里值得
所有人流连数年。巴黎就像是一场研讨会，你会在这里学习到所有人生所需要的课程。

—— 美国作家 詹姆斯·瑟伯（James Thurber）

阅读是一种文化

Reading is a culture

　　从圣米歇尔大道一直往上走，前往卢森堡公园的沿途有售卖便宜二手书、打折书、二手 CD、DVD、黑胶唱片的书店和音像店，漫画书堆满了整个书店也不足为奇。这些书店从白天开到夜晚，有的书店一直营业到夜晚 10 点，给闲来无事的人最好的安慰。

　　有时候夜晚经过这些书店，门口的货柜上摆满了书籍和画册，让人可以一直站在街边一本一本翻阅，引来路过的游人也加入到这种翻阅的行动中来，像是巴黎特有的一种风情。即便是不懂法语，也可以在那些巴黎街道的书店里，翻看纪念照片、艺术史的画册、法国文化书籍，以此消磨掉夜晚的时间，或者就当是休憩一下，缓解一番旅行游走的疲惫也是稳妥自如的。书籍，在巴黎展露出温情脉脉的姿态，以一种巴黎特有的文明面孔，像海绵一样吸附人心。

　　我记得 2008 年第一次去巴黎的时候，就是在圣米歇尔大道两旁的这些打折书店游荡，连同旧书店、旧唱片店。因为对文字和文学的热爱，巴黎对于我来讲，是天然的文艺都会，书籍因为历史和时光的沉淀，反而更具诱惑力。这些放在旧书店中的二手书往往便宜得让我吃惊，有的书售价仅 0.2 欧元，仔细淘一番，花上三四欧元，就可以买到好书了，文化消费如此平民，让人欢喜。

这家叫作布兰尼尔书店（Librairie Boulinier）的旧书店和旧唱片店，从1845年开业至今，上下三层楼的规模，总是让热爱淘书的朋友们流连忘返。但是不要以为这是一家老旧沉闷的书店，从门口的书摊上，你可以尽情享受淘到法国经典文学作品和戏剧作品的乐趣。进入店内，楼上一层是电影和CD货品，从流行到古典，从"爆米花"电影到艺术文艺片，应有尽有，让人眼花缭乱。而店内地下一层的旧书就更加庞杂了，有少量的英文、德语书，甚至还有亚洲语言的图书，不懂法语也不会觉得寂寞。

2008年，我在这里以0.2欧元买到过一张黑胶唱片，全因唱片外壳十分好玩逗趣，吸引人心。过了这么多年，在2017年的初秋，我又在布兰尼尔书店晃荡，淘到历史旧书、电影原声CD，比如像我喜欢的电影大师费里尼的电影原声CD，阿尔莫多瓦的电影原声CD，我如获至宝，而且售价仅仅为每张3欧元，是不是对热爱电影的人的一种回馈呢？我觉得，巴黎的柔情似水、温良关怀都在这一本又一本的旧书中，被记载、被阅读，而后产生了共鸣。

其实，整个游客如织和学生扎堆的圣米歇尔大道，只是巴黎阅读景观的一个小小缩影而已。这些经营了上百年的书店，其实还算是商业化的流行书店，频频被游客光顾。来到巴黎六区，就自然会被这种阅读的文艺景观包围，因为这里以巴黎一大，即赫赫有名的索邦大学为中心，辐射整个六区，驻扎着巴黎的大学、中学，美名远播，文化思潮涌动。巴黎左岸历来就是文学家、艺术家、哲学家停驻的区域，书店自然不能少，阅读已经是一种风景，并成了一种巴黎式的生活方式，变得自然而然，细水长流。

在巴黎六区，或者巴黎的左岸拉丁区，围绕着大学、中学的街区中，时不时就会遇到各种书店。这些书店可能因为背靠的大学不同，在分类上也稍微不同。比如从卢森堡公园前往先贤祠的大道上，有关于法学的专业书店，那是因为先贤祠的旁边就是著名的巴黎大学法学院，这里聚集着法学院的学子们，使得这样的学术性书店也可以茂盛蓬勃，异常丰饶。先贤祠背后有一家六区的电影院，这是颇有名气的先贤祠影院（Cinéma du Panthéon），和影院相连的就是一家专门销售电影类图书的书店。我被橱窗里陈列的关于导演特吕弗的画册吸引，走了进去，店主热情询问我要寻找哪方面的电影图书，听闻我喜欢法国电影，便为我推荐了最新的法国电影导演，以及论述这些作品的周刊。他介绍得非常仔细亲切，让喜欢电影和文学的我兴奋不已。

在六区，很多书店兼具出版社的功能，从橱窗中可以看到新印刷的图书，编辑人员在橱窗后面的办公区域安静地敲打键盘，使得读者们望而却步，很难走进这种书店和出版社兼容的空间内，也许，任何一种翻阅都是对编撰人员的打扰。当我从这些出版社的门口走过，总会从书店的橱窗外向里望去，闻得到书香，这样清静安适的氛围，竟然让人觉得是十分不真实的——这种不真实是因为在我们熟悉的文化环境里，阅读的习惯已经被各种新媒介干扰和打破，浮躁与快速的消费习惯打破了我们内心向往的平衡感，从而缺少阅读与思考，这种现状让阅读成了一种真正的奢望。在这个时刻，我看到出版社里的一位工作人员，她知性的侧影，仿佛正在等待一个作者上门，像是安排好了的一次约会，从一本书的编辑、排版，以及与作者的沟通和了解中慢慢展开……

在巴黎的书店游走，让我印象深刻的还有那些书本的设计之简洁，甚至到了简单的地步，让人难以置信。但不得不感叹，在这些平实的书本里面，真正蕴含力量的正是文字本身。不靠花俏的图书封面吸引眼球，封面的字体也简单，没有拐弯抹角，故作姿态的意思。那些文学作品尤其"单调"，顶多是在封面配了一张图画，图画往往又很写意，但也不会喧宾夺主，初看像是让人"食之无味"的素餐，它寡淡清幽，自成一体，非常孤傲。捧在手中，又被这份平实的认真和顽固打动。这是一种法国文学图书的样貌，文字在这个时代显然是有点过度的，但在法国人看来，这样的编排恰巧是最适宜的。至于那些哲学、文艺评论、电影评论等学术类的图书则更为淡然，封面上连一张图都不会有，只有标题，浅色或者深色的封面，只用一种颜色，好像故意去掉了装饰意味，以这种"极简主义"的设计和装帧特色孤傲地存在着，和巴黎五光十色的城市享乐风貌形成鲜明的对比。

2016 年的法国电影《将来的事》（L'avenir）里，我热爱的法国女演员伊莎贝尔·于佩尔（Isabelle Huppert）饰演的哲学女教师，她和前夫的每一次交道都以这些封面简洁的图书开始和结束，她扮演的角色始终存在于这种文艺的想象中，并以此获得精神的巨大慰藉和依靠。电影展现了她与她的一位学生之间的故事，依然以书香、哲学、写作作为一种故事线索——这恰好是一种法国文化的光影写照。在法国人的生活方式里，书籍已经成了生活本身最可靠的一个符号。而由伊莎贝尔·于佩尔扮演的这位女教师，她在巴黎的六区看电影，电影散场，她走过的街道——由圣日耳曼大道通往王子街（Rue Monsieur le Prince）的阶梯，也是我有一晚看完电影走过的阶梯，那一刻，回忆里有阑珊斑驳的侧影。从这个阶梯上来，回到王子街这条古老街道的街角，就是一家美好的书店，我经常从这里经过，看到书店橱窗里陈列的书籍，那些黑白照片中的人像特别文艺，特别安然，竟然成了这条我住过的街道上最翩然的一种趣味，永生难忘。

有一晚，晚饭后我从圣米歇尔大道一路散步走到塞纳河，在我曾经去过的左岸著名英文书店：莎士比亚英文书店门口徘徊。它已经变成了著名的巴黎文化景点，无数前来瞻仰的游客举起相机，在门口拍照。不管你热爱不热爱阅读和图书，它都像是左岸最鲜明的、最容易接近的书店那样，被如此膜拜和亲吻着。我看到游客脸上散发的光芒，裹挟着善意——那是巴黎的抚慰，每一个人都因为和莎士比亚书店的一次合影而记住了巴黎的这种抚慰，缓慢的、柔和的、文艺的、坚持的、倒转的。我再次走入莎士比亚书店，书店内已经贴出了告示"请勿拍照"，大概是因为日益增多的游客慕名而来，却被拍照干扰了阅读。不过，只要走上二楼的图书馆，那份昔日的安静和沉醉依然是让人热爱的。这里总有美国文学青年的身影，从他们在书店二楼沙龙中的交谈可以知道，他们千里迢迢前来巴黎，就是为了重温，也许是自"垮掉的一代"形成的这份昭然若揭的文学魅力，这里是美国文学青年们的温床。如今，在书店的隔壁开了一家莎士比亚书店咖啡馆，老旧的室内，斑驳的影子，和书店二楼的旧书、旧情怀相得益彰，是曼妙的。

　　在那些老旧的巴黎咖啡馆中，有善意的提醒，"在这里拒绝使用电脑"，欢迎带一本书来咖啡馆，以阅读开始一天的日常——这就是一种巴黎日常。所以，在地铁上，稍微坐下来，就能从包里摸出一本书读起来，我瞥了一眼这些巴黎人手中的书，那些泛黄的封面，像是一个遥远的文学故事，被尘封的往事，如此跳跃鲜活起来。因为阅读，时光被拉长、揉碎，再组合起来，帮助我完成了关于巴黎的一次凝视。

ᕙ 走进莎士比亚书店，老旧的回忆在蔓延。

偶尔会在夜晚去莎士比亚书店，观看这些和我一样热爱阅读的人，他们来自世界各地。

巴黎左岸的莎士比亚书店，是美国文学青年的庇护所，闪光的永远是沉淀的阅读品格。

♭ 一个橱窗，我行走，我阅读，我把阅读穿在身上。

一个书店的橱窗。

在巴黎，每个人都想成为演员，没有人是旁观者。

—— 法国著名导演、戏剧家 让·考克托（Jean Cocteau）

七情六欲之巴黎电影院

Hide in a parisian cinema

巴黎的电影院，形态各异，几乎可以满足所有影迷对于电影的幻想和热爱。毫不夸张地讲，法国人发明了电影，让光影术在过去的一百多年风靡世界，造就了好莱坞的强势文化输出。但回到真正的电影诞生之地巴黎，依然觉得这才是光影世界的一个起点，且时常会被巴黎人对于电影倾注的那些爱恨打动。

来到歌剧院附近卡普欣大道（Capucines）与斯克里布街道（Rue Scribe）的交界处，如今，这里是斯克里布酒店（Hotel Scribe）的驻地。酒店大堂虽然狭小，但抬头看到大堂的墙壁上赫然醒目地写着令人铭记的字眼：1895 年 12 月 28 日，卢米埃尔兄弟正是在这里进行了电影的放映，世界电影诞生。当年第一部电影放映之地大咖啡馆（Grand Café）已经被拆掉（卢米埃尔兄弟在大咖啡馆的地下室放映了《工厂的大门》《火车进站》《水浇园丁》等几部短片），为了纪念电影诞生之地，斯克里布酒店特地开了一家卢米埃尔餐厅（Café Lumière）。如今，位于卡普欣大道的大咖啡馆则是后来搬迁重开的。

毫无疑问，斯克里布酒店透露着一种骄傲，这份骄傲和电影相关，在歌剧院散发的磅礴华丽气势中，斯克里布酒店并不逊色和卑微。从某种意义来看，巴黎人的骄傲与自视甚高，大多因为这些和文化、艺术相关的历史始终照耀着巴黎，使得巴黎高抬头颅，不可一世。

　　巴黎的电影院数量之多让我吃惊，就拿我住过一个月的六区来讲，几条街相隔不过十几、二十米，就会有两到三家影院同时营业。圣日耳曼大道上，一条主街的两边，可以同时容纳两家气质和上映影片差不多的电影院，让我不得不佩服巴黎人对于电影的热情。也许在巴黎，看电影真正是一种再自然不过的生活方式，走进影院的习惯没有因为社交媒体时代的到来，有所衰减。看电影依然是浪漫、放松的，是必不可少的生活形态。从巴黎地铁站中穿行而过，每个月定期更换的电影海报精彩绝伦、文艺自我，兀自诉说着有关电影的所有芳名与情绪，让喜欢电影的我经常为了一张地铁站的电影海报而停下脚步。据说，巴黎一度拥有200家左右的影院！至今已逐渐减少，不到100家，但幸运的是，在这个多元化的时代，其中三分之一的电影院仍然在独立运营。有一些充满了历史感和各种风月典故的影院真的是巴黎独有的风景。

　　比如，位于先贤祠附近的先贤祠影院（Cinéma du Panthéon），于1907年开业，是巴黎最古老的仍在运营中的影院。从门口经过，感觉非常简约古老，甚至带有一丝颓靡气息。1929年，这家影院被制片人皮埃尔·布宏伯杰收购。布宏伯杰曾是推动法国新浪潮电影运动的领军人物，在他的积极倡导下，先贤祠影院曾经放映了大量新浪潮时期涌现的导演们的作品，让巴黎的观众在当时得以感受不一样的电影语言，呼唤着一个崭新的电影时代的到来。皮埃尔·布宏伯杰也首次将外国电影以初始语言引进。这家影院的一大亮点是，法国电影的瑰宝：凯瑟琳·德纳芙在2006年设计的客厅式沙龙。来到影院，即便不看电影，也可以进来感受一番这些和电影有关的美好历史，所有这些隐藏着的关于电影的秘密，真是巴黎最温暖人心的人文风景。

　　在先贤祠影院不远处，从索邦大学的门口散步10分钟，就可以来到另外一家著名的艺术影院：视野电影院（Cinéma le Champo）。作为巴黎的一家电影协会，视野电影院是很多影迷到巴黎的第一站。这家影院建于1938年，投影仪和屏幕被安置在不同的楼层，它开放了一间带有与众不同的"潜望镜"投影技术放映室。吸引了许多巴黎当地的大学生，甚至住在附近的前总统弗朗索瓦·密特朗也被吸引。此外，弗朗索瓦·密特朗还考虑将视野电影院作为他的"总部"。从新浪潮电影中一路走来的法国电影导演克劳德·夏布洛尔曾将视野电影院作为他的"第二所大学"，从看电影中学习和得到灵感。我有几次从视野电影院门前走过，下午3点就有观众在排队等待入场，影院放映很多文艺和艺术电影，让喜欢这一类型的观众在巴黎找到了准确的情感寄放处。

我觉得巴黎所有有着故事的影院大都集中在左岸，所以，如果你是影迷，可以以左岸为地标，在不同风格的影院中感受电影的魅力和巴黎特有的文艺情调。在巴黎所有电影院中，佛塔电影院（La Pagode）是最不像影院的一家。这个备受喜爱的左岸秘密地点最初是 1895 年法国好商佳百货公司的董事送给妻子的礼物。它的一砖一瓦都从日本进口，最开始主要用于接待。1931 年它被改建成电影院，播放过英格玛·伯格曼、让·考克托，以及新浪潮代表人物雅克·罗齐尔和弗朗索瓦·特吕弗的电影作品，成为二十世纪五六十年代电影史上的一个重要标志。今天它仍是艺术剧院的经典代表。

不过，除了知性与艺术氛围，巴黎也可以是华丽享乐的天堂。赫克斯大剧院（Le Grand Rex）作为巴黎历史悠久的影院中最为华丽的一家，这座装饰派艺术宫殿最大的特色即是它有全欧洲最大的放映室：大厅（La Grande），该厅拥有 2800 个座位。位于林荫大道的柱塔是它最耀眼的广告，自从 1932 年建成以来就一直吸引着众人的目光。受到当时美国电影院的启发，它庞大的巴洛克式内部中，大厅拥有一个三十多米高的天花板，被装饰成了星光灿烂的夜空，还有一座流动的喷泉以及一面刻着一座古老地中海村落的浮雕。在"二战"占领期的黑暗日子里，这座影院被德国军队征用并专供德军使用。在电影大片和音乐会风靡的现在，它依然保持着独立运营。我觉得巴黎是一场梦，像赫克斯大剧院这样的影院，它可以把影迷的视线带回另一个迷人的时代。

再介绍一家影院：28 号工作室影院（Le Studio 28）隐藏在蒙马特一条安静的街道中，有着最动荡的历史。它于 1928 年开业，被让·考克托称为"杰作中的电影院，电影院中的杰作"。1930年，它出现在新闻头条里，因为它的大胆前卫和挑战传统，常常让它成为文艺风向标里的排头兵，且时常引来争议。1930年11月29日，它首次公演了路易·布努艾尔和萨尔瓦多·达利的批判罗马天主教和它严苛性观点的煽动性电影《黄金时代》（L'âge d'or）。这部电影引起了极大轰动，影片不到一星期即被禁播，28号工作室影院被右翼暴民洗劫一空，他们甚至还毁了占据大厅大部分位置的胡安·米罗、萨尔瓦多·达利、马克思·恩斯特、曼·雷和唐吉的作品。幸运的是，电影院在这场骚乱中幸存了下来。2001年，28号工作室影院出现在电影《天使爱美丽》中，我想那也是因为电影中的女主角"爱美丽"的家就在蒙马特，所以这家影院顺理成章出现在电影中，如果你是"爱美丽"的影迷，不妨亲自造访28号工作室影院。

我喜欢的法国艺术院线MK2是我的精神食粮。我在巴黎看的第一部电影就是在蓬皮杜艺术中心旁边的MK2上映的伍迪·艾伦的《怎样都行》（Whatever Works），也是我可以看的为数不多的英文电影。有一个作家朋友，几年前和他的爱人一起在左岸的一家艺术影院中心看纪录片《玛丽娜·阿布拉莫维奇：艺术家在场》（Marina Abramović: The Artist Is Present），据他回忆，在影厅中，还可以抽烟、喝酒，当两人看到电影的高潮时，相拥着哭得稀里哗啦，是一段刻骨铭心的记忆。

2017年的一个夜晚，我在六区看完电影《敦刻尔克》，返回住处的途中，夜晚的巴黎，让我体察到莫名的幸福感。租住的公寓对面就是一家小型的影院：三个卢森堡电影院（Les 3 Luxembourg），夜晚9点以后总有观众在排队入场。从街道传来一阵阵议论的声音，我推开窗望过去，影院外墙的粉红霓虹灯照亮了昏黄暧昧的街道。这一区有很多大学生和年轻人，他们那么热爱电影，经常在新片上映的时候，就率先买票，在影院外排队，是巴黎最美的一道风景线。

2017年初秋的巴黎，正在上映以法国电影导演戈达尔为故事原型的影片《敬畏》（Le Redoutable），由我喜欢的法国男影星路易斯·加瑞尔（Louis Garrel）

主演。我在大街小巷瞥到这部电影的海报，内心升腾起一丝温暖的忧伤感。最近我似乎越来越看懂了戈达尔，我觉得戈达尔是一个情绪饱满、内心细腻的人。我最近重看了《法外之徒》（Bande à Part），它比《断了气》（À Bout de Souffle）要好，电影结尾的那段台词，关于主角漂泊的内心和"无脚鸟"的哀叹应该是后来香港导演王家卫的一个灵光。

可能因人而异，每个人的巴黎记忆都不同。这些和电影相关的片段，熟悉到一种似是故人来的感觉，每当我走过这些巴黎的影院，我想起那些白日和夜晚在巴黎度过的时光，竟然是斑驳的。

巴黎的老旧和一成不变显然就是最好的电影场景。在很多角落，随手拍照，真如电影画面，巴黎不应该用激烈来定义，巴黎的多层次，太适合文艺电影的拍摄。看来，巴黎本身就是一座文艺电影之城，且它更加吸引人心。

巴黎，你在电影中造了一个梦，我们只需买票入场，七情六欲自然都打开了……

巴黎，一座和电影难以分割的城市。

ㅂ 巴黎的报刊亭往往是展示时尚海报的最佳场所。

épisode 2

巴黎既然存在在这里，还有人选择住在
这个世界的其他地方，对我来说这永远是个谜 。

—— 美国导演、编剧、演员 伍迪·艾伦（Woody Allen）

在巴黎的伍迪·艾伦

Woody Allen in Paris

夜晚，我在六区王子街的一家洗衣房清洗衣物，把脏衣服放进公共的洗衣机中，安静的街道偶尔有行人穿过，留下隐约的对话。洗衣房中的灯光似乎过于明亮，从里望向对面，是一家感觉非常古老的法餐厅。好几次，白天的时候，我从这里穿过，走向圣米歇尔（Saint-Michel）地铁站，看到这家法餐厅有游客造访，并在这家古老的餐厅外驻足，或是看菜单，或是站在门口观望。

事后，我得知，这家叫作波莉朵（Le Polidor）的法餐厅（全称 Cremerie Restaurant Polidor）原来出现在伍迪·艾伦 2011 年导演的电影《午夜巴黎》中，导演让电影中的男主角吉尔 [欧文·威尔逊 （Owen Wilson） 饰演] 和他的文学偶像美国作家海明威第一次见面就是在这家餐厅，怪不得有很多游客慕名而来。但据巴黎本地的朋友讲，这家法餐厅并不好吃。全因为室内保留了几个世纪以来的古旧感觉，让它充满魅力。但是身在拉丁区，距离著名的奥德翁欧洲剧院（Odéon-Théâtre de l'Europe）仅仅几步之遥，传统的室内装饰一个世纪都没有多少变化，确实有着时光倒转的魔力。而这家餐厅也是文豪维克多·雨果、诗人保罗·魏尔伦、亚瑟·兰波经常光顾的餐厅，海明威更是这里的常客，他视波莉朵餐厅为自己的法国食堂。

我每次走过这家餐厅，都会忍不住向内打望，也许我也期待时光倒流，带我回到吉尔热爱的巴黎黄金年代：20 世纪 20 年代。电影中的吉尔一厢情愿地认为：1920 年拥有文艺沙龙景观的巴黎，因为有一群风格显著的美国作家和文艺家聚集一堂，显得风采卓然。吉尔在波莉朵餐厅和海明威会面，并第一次接受了海明威的文学建议。伍迪·艾伦让自己镜头下的海明威显示了一种非常强悍和不羁的印象，海明威告诉吉尔："No subject is terrible if the story is true, and if the prose is clean and honest, and if it affirms courage and grace under pressure."（如果故事是真实的，如果叙述干净诚恳，如果在压力之下还彰显了勇气和优美——这样的主题最伟大。）

除了每次被大家引用的海明威的著作《流动的盛宴》之外，在吉尔重返的1920 年，还有斯科特·基·菲茨杰拉德（Scott Key Fitzgerald）、泽尔达·菲茨杰拉德（Zelda Fitzgerald）、格特鲁德·斯坦（Gertrude Stein）等文学家。由美国女作家斯坦和文学名流领衔的文艺沙龙，经常高朋满座，来宾包括画家毕加索、马蒂斯。如此让人神往的黄金年代，不仅是《午夜巴黎》中的一次深情回首，大概也是巴黎永远洋溢着文艺符号的一种隐喻。这种隐喻不仅仅诱惑着电影的男主角，我觉得也诱惑着伍迪·艾伦本人。

位于六区弗勒吕斯街（Rue de Fleurus）27 号的公寓正是电影中被伍迪·艾伦描摹的格特鲁德·斯坦的巴黎沙龙原址。20 世纪初，每逢周六夜晚，斯坦的公寓会成为作家和画家们光顾的场所，如今似乎还可以从斯坦的文字中幻想她中气十足地点评毕加索和马蒂斯的画作的样子，那种骄纵与非常自信的本真态度，似乎才是那个黄金时代最珍贵的记忆。走过这所公寓，抬头仍然可以看到巴黎典型的名人牌匾标识，标注了美国作家斯坦曾在此生活的历史痕迹。但是，历史的真正风景并无法在伍迪·艾伦的电影中被彻底还原，那些 1920 年的巴黎文化场景也只是浮光掠影。虽然历史中的海明威最初视斯坦为自己的灵魂导师，会第一时间把作品拿给斯坦过目，并征求她的意见，但是两人的关系并非是如密友般牢不可破。海明威的儿子杰克出生后，海明威还曾请求斯坦做自己儿子的教母。最后，斯坦和海明威的人生轨迹渐行渐远，尤其是作为一名犹太人的格特鲁德·斯坦，生活在"二战"中被纳粹占领的巴黎，受雇于当时的维希政府，依然从事着自己的艺术品收藏事业，而海明威则成了骁勇善战的战地记者，并最后亲自参加了解放巴黎的战役。他们各自维持自己的创作信条与人生心路，则是一段后话。

伍迪·艾伦只借了一幅海明威和斯坦互相信赖、互相赞赏的画面，便为我们塑造了巴黎文艺沙龙的一段繁盛场景。被作家、画家们点缀的巴黎，在任何时代也是令人心驰荡漾的，伍迪·艾伦带我们怀想当年——在看这部电影时，内心竟然产生如此怀乡之感。

我在六区居住的日子，每当和这些巴黎的文艺故事和历史风景擦身而过，不禁唏嘘。感觉六区的每一家书店，每一次抬头看到的公寓，都和这些典故产生联系，我内心珍视的作家们，似乎都在这里留下踪影。

此刻，法餐厅在夜晚有满堂的食客，偶尔有人在餐厅外抽一支烟，情形非常穿越，那个餐厅里明明藏着一个旧日的巴黎，而我站在当下的巴黎六区，在这家餐厅对面的洗衣店中，操持着一种日常，并和这些进出餐厅的男女对望，难免是一种特别巴黎的处境：神秘、忧伤、幻觉以及带有布尔乔亚般的追怀。

又过了几天，一位北京的设计师朋友来巴黎，我们约好了在巴黎散步。走在圣日耳曼大道的途中，这位朋友说每次到巴黎都是行色匆匆，时装周的各种工作让他经常和巴黎只是擦身而过。那日，我们约在奥斯卡·王尔德住过的酒店见面，再步行去距离六区不远的一家著名的动物标本店迪罗尔（Deyrolle），因为它出现在《午夜巴黎》中。

根据资料显示，迪罗尔动物标本店是全世界最美和现存最古老的动物标本店。1831 年尚-巴普提斯·迪罗尔（Jean-Baptise Deyrolle）先生及其子阿希尔（Achille）在巴黎巴克街（Rue du Bac）开创了迪罗尔动物标本店，售卖昆虫标本和昆虫采集道具。迈尔德·迪罗尔（Mile Deyrolle）在 1866 年接手了祖辈的生意。除了继续发展动物标本制作和采集道具生意，还出版关于动物和植物的专业书籍。2001 年，法国王子路易斯·阿尔贝·德布罗意（Louis Albert de Broglie）将迪罗尔动物标本店买下，并重新修复了这栋百年商店。2010 年，迪罗尔动物标本店获得了法国政府颁发的国家遗产奖项：活着的历史文化遗产企业（Entreprise du Patrimoine Vivant）。

我和朋友走进去，橱窗里的蝴蝶标本闪耀着一种层层叠叠的色泽，但一楼给人的感觉更像一个户外用品商场，只是不得不佩服法国人对于各种生活细节的专注和热爱。法国王子买下迪罗尔动物标本店后，创立了"王子园丁"（Le Prince Jardinier）高级家庭园艺用品品牌，这些穿着衣服的鹿头模特非常吸引人。在摆放着各种植物、园艺书籍的货柜中，还有用于园艺工作的工作服售卖，以及种植使用的工具等，都让人觉得是一次绿色烂漫的心意呈现。

我们走上二楼的迪罗尔动物标本店的区域，才被这种制作精良的动物标本震撼。这座类似于动植物博物馆的动物标本店带有超现实主义的魅力，徜徉在这些"动物"之间，偶尔抬头看到老虎的面孔，或者长颈鹿的眼神，北极熊展露愤怒的情绪，驯鹿优雅坐卧在一角，来自热带丛林的大象，各种昆虫的标本被装在玻璃盒中，窗外是巴黎的容貌，情形非常不真实，引来各种思怀。我记得在《午夜巴黎》中，恍然大悟的男主角吉尔跑来迪罗尔动物标本店，想和毕加索、莫迪尼亚里的情人阿德里亚娜 [玛丽昂·歌迪亚（Marion Cotillard）饰] 倾吐爱意。奇幻的夜晚，伍迪·艾伦把二人再度重逢的地点安排在奇幻的迪罗尔动物标本店，巴黎的奇幻色彩也是不言而喻。

我们在一楼忍不住举起手机拍照，后来被店内的工作人员警告：迪罗尔动物标本店内不能拍照。工作人员随即给了我们一张名片，说这是网站，要图的话可以去上面找找。这里的店员都像是在实验室工作的人，严谨认真，对于我们这样闯入店内的亚洲面孔充满了各种谨慎和严苛，生怕我们用相机抢走了这座"动物博物馆"的奇幻一样。有时候，巴黎是关闭着的。

但是，巴黎教会我的就是自得其乐。我有一次同一位朋友讲，从伦敦返回巴黎，从巴黎北站坐上地铁的那一刻，我忽然感到莫名的安稳和自如，车厢里充斥着巴黎的一种味道，女人把烤熟的玉米拿出来吃，我觉得这才是正常的。我以前非常热爱规则、严苛、秩序、伦敦式的优雅，而现在，我更享受巴黎的自我、不为别人的眼光去活的态度（这和巴黎这座城市本身的规则、公共准则并非矛盾），巴黎解放了我的内心和天性——这是一次成长。所以，即便是迪罗尔动物标本店里傲慢的工作人员也不会扫我的兴，它们统统被我放到了巴黎习性标签栏中，我往往报以微笑，这样一来，这些巴黎人似乎更加喜欢我这样的游客，他们也会微笑，有人还会害羞，或者给我做鬼脸，向我眨眼睛，真是有趣。

当然，如果不是因为《午夜巴黎》，我和朋友也不会来到迪罗尔动物标本店。珍藏了180多年的奇珍异宝，在店中闪耀。其实，不光是伍迪·艾伦，历史上的许多艺术家都来这里寻求灵感，画家伯纳德·巴菲特、乔治·马修和萨尔瓦多·达利都曾在这里度过一段美好时光。在《午夜巴黎》中，男主角一直纠结着自己的写作，伍迪·艾伦故意设置了这样的"纠结"：男主角吉尔眷恋着过去，他构思的小说是从描述一座"怀旧"商店开始的，吉尔脑中的"怀旧"商店和现实中存在的迪罗尔动物标本店互相映照着。男主追寻着他心目中的美好的巴黎黄金年代，而他却发现黄金年代的人在追寻世纪之交的巴黎，而世纪之交的巴黎却在缅怀更加遥远的文艺复兴时期……

我觉得，热爱写作的人，似乎都愿意活在过去的时代。过去——似乎是一种乡愁式的符号，那是一个回不去的"黄金时代"。我们在当下常常感觉失望、伤心、不满足，对比过去的时日，心中涌现的往往是后悔、惘然、感叹与遗憾。巴黎，恰恰成了收纳这些情绪的最佳城市。

我和朋友从迪罗尔动物标本店走出来，重返圣日耳曼大道。这个日光大好的上午，在巴黎没有目的地散步，恰好正中下怀。我们路过一座古典的教堂，停下脚步，不停地拍照，希望把巴黎的过去和当下都收纳到相机中，顺道弥补在迪罗尔动物标本店中无法拍照的一种失落。

伍迪・艾伦的电影《午夜巴黎》只是一个影子，那些他故意安插在电影中的艺术家、作家，都充满着一种刻意为之的痕迹，但这就是老头子可爱的地方。在这封由他精心写给巴黎的情书结尾，男主角吉尔走在雨中的塞纳河上，在亚历山大三世大桥（Pont Alexandre III）和充满灵气的巴黎女子重遇，再一起漫步在雨中的巴黎。我也觉得，雨中的巴黎是美的，没有几个城市，让落雨也成为城市的一种风景和享受，巴黎是其一。

♭ 阳光照在六区一家老旧画廊的橱窗上。

♭ 迪罗尔动物标本店里的一只熊标本，仿佛从静谧的电影里走了出来。

↺ 在阳光四溢的六区，走过卢森堡公园旁的大道。

╰ 巴黎，随手拍摄的画面如电影剧照般写满岁月的故事。这些画面中均有我的影子。

艺术是孤独的产物，因为孤独比快乐更能丰富人的情感。

—— 法国雕塑家 奥古斯特·罗丹（Auguste Rodin）

未有停歇的怪兽

The livable monster in my heart

　　一日，我准备去一些小型博物馆以躲避巴黎的人潮。我发现从圣日耳曼大道走路去六区的欧根·德拉克罗瓦（Eugène Delacroix）博物馆（Musée National Eugène Delacroix）非常近，可以从寓所一路散步过去。恰好是消磨下午时光的最好选择。

　　之前我对法国浪漫主义画家欧根·德拉克罗瓦并不了解。唯一的了解是因为流行摇滚乐团酷玩乐队（Coldplay）当年那张《生命万岁》（Viva la Vida）的唱片，直接用欧根·德拉克罗瓦著名的《自由引导人民》作了封面，如今这幅画作悬挂在卢浮宫内供人观瞻。画作中，欧根·德拉克罗瓦传递了奔放的热情，他歌颂了工人、小资产阶级和知识分子参加的革命运动。高举三色旗象征自由神的妇女，健康、有力、坚决、美丽。欧根·德拉克罗瓦高举着浪漫主义的大旗。

　　小住在巴黎，反而可以静下心来阅读，偶然翻阅了欧根·德拉克罗瓦的生平，这位出生于1798年的法国画家，生于沙朗通-圣莫里斯，被誉为19世纪上半叶法国最重要的浪漫主义画家。他想象力丰富、才思敏捷，是印象主义和现代表现主义的先驱。其艺术继承了文艺复兴以来的威尼斯画派、伦勃朗、鲁本斯和康斯塔伯的成就，对后代艺术家，如雷诺瓦、莫奈、塞尚、高更、凡·高、马蒂斯和毕加索等都有很大影响——读到这样的生平介绍，更增添了我的兴趣，到底是怎样的先驱，可以启发这么多我熟悉的画家，从浪漫主义到印象派，到表现主义，影响如此深远，加之我对法国浪漫主义的画风一直很感兴趣，所以前往这座小型博物馆，成了一次绝妙的旅程。

1857年，为了完成在六区圣叙尔比斯大教堂（Eglise Saint-Sulpice）内的装饰画，欧根·德拉克罗瓦搬入了位于福斯坦堡街（Rue de Furstenberg）的这座公寓，将其变成了自己的工作室，这样他可以每日方便地往返于寓所和圣叙尔比斯大教堂之间。直到1863年去世，他都住在这座典型的中产阶级公寓里。欧根·德拉克罗瓦十分喜爱这处住所。他在日记中这样描述：每日醒来，巴黎的阳光穿过花园，给予自己神性的指引和无尽灵光。后来，这座画室和公寓差点被拆掉，幸而得到了欧根·德拉克罗瓦的崇拜者：以象征主义画家莫里斯·丹尼斯（Maurice Denis）为首的几位画家的保护，将其改建为博物馆。

博物馆的主楼与花园相连，曼妙和安静的调子成就了画家内心的一份淡然。但是在博物馆里看这些画作，那些充满着神性的笔法，描摹的神与人一样充满了各种丰富的表情，由挣扎到平缓，由暴烈到柔美，画风十分精彩。欧根·德拉克罗瓦的内心大概一直住着一只"怪兽"吧，使得他把这些绚丽又低沉的色彩运用得如此自如，技巧如此圆润，造型丰富。在博物馆介绍这位画家的册子上写着：欧根·德拉克罗瓦的造型技巧可同提香或鲁本斯相媲美，作品富于表现力，和谐统一。

观摩欧根·德拉克罗瓦的画，我能看到法国人那种天生富于幻想的本真样子，但他们的快乐受到了太多神性的限制，和南欧的意大利人相比，法国人依然是谨小慎微和循规蹈矩的。从某种意义上来讲，欧根·德拉克罗瓦把法国人内心关于人性与神性的对抗和矛盾表现得颇具深意，且引发现代人的思索。我对博物馆里的一些作品深爱不已，觉得那些画作绝对是画家心驰荡漾的赤诚之作。

在欧根·德拉克罗瓦博物馆的下午，巴黎的天空呈现了初秋的懊恼、沮丧，灰色的，夹杂着细雨。欧根·德拉克罗瓦博物馆中的小花园异常美好，由杜伊勒里宫（Palais des Tuileries）花园园丁打造的这座花园非常精致、细腻，还原了欧根·德拉克罗瓦在日记中描述的那份灵光微露。点缀在花园周围的绿色凳子实在可爱。我看到一个独自游览花园和博物馆的男孩子在花园中玩耍，家长坐在绿色的凳子上，闭眼呼吸。此刻，我们似乎能感受和窥探自己的内心。

在我进入博物馆的时候，二楼客厅的一位工作人员用生硬的英语想对我表示好意和帮助，但是浓重的法语口音让他显得吃力。我欣然接受这份友好，在这种安静的小型博物馆，任何一个闯入者似乎都是一个鲜活的身影，对于每日面对尘封的历史和精致画作的工作人员来讲，我们这些穿梭在博物馆里的旅人显然是偶尔的涟漪，泛起的波光，在巴黎的这个下午并非是刻意为之的一种冒犯。

当我走出博物馆的时候，福斯坦堡街外的这个小广场也甚是美丽，因为小所以美丽，一株大树并非是壮硕而宏大的样子，恰好为欧根·德拉克罗瓦博物馆的那份小巧和低沉做了最为自然的启示。围绕在福斯坦堡街外面的家具店、时装买手店显示了超好的品位和眼光。也难怪，与伟大的艺术家为邻，间或都会受到这份艺术熏陶，实在是幸福的。

我选了一个周末的上午前往罗丹美术馆。作为雕塑家罗丹的寓所，毕洪宅邸（Hôtel Biron）像是一个私家城堡，我依然被美术馆的花园打动，或者是被那些游动在花园里的自然光线打动。虽然巴黎的博物馆、美术馆众多，我却独爱这些花园。花园也是法式文化的一种展现形式，我觉得法国人在打造花园的时候非常直接，但美感卓然，园艺设计像是细心雕琢的雕塑作品，从整体布局到树木修剪和造型都有着精工细致之感，这点和日本园林的美非常不同。我觉得是各国的修剪方法和哲学思维迥异。日本园艺太过于沉溺意境，是形而上的美感，在植物之外寻求内心的平衡和享受。但是，巴黎的这些花园（抛开凡尔赛那样宏伟的皇家园林不谈），草木即视，更为直接，更为单纯，园艺师把造型给了我们，并非要让我们去思考言外之意，意境之美都在第一眼获取，是典型的法式思维。

虽然我在电影里看过无数次的"沉思者",但罗丹美术馆的花园把这尊原版"沉思者"映衬得有稍许神秘,和远处教堂的穹顶互相呼应,共同勾勒出一道美丽的巴黎天际弧线。络绎不绝的游客站在这尊最具代表性的罗丹作品前留影。作为一个孤单旅者,我只能求助身边的游客帮我拍照,好在遇到一位美国姑娘,取景不错,拍到一张我与"沉思者"的合影,了却了一桩心事。

我在美术馆里游荡时,第一次知晓,罗丹是如此仰慕文豪巴尔扎克,那些像是诸多侧影组合而成的巴尔扎克雕塑,有大有小,以白色为主,故意放大了巴尔扎克的披风,不可一世的豪劲、遒劲、沧桑,显得非常有力。我似乎能从这些雕塑中体察巴尔扎克那种带着历史更迭、风云际会的文笔。我觉得罗丹和巴尔扎克都是有着雄狮般暴躁脾气的艺术家。从罗丹的这些雕塑中,我感到非常多的愤怒、自我作战,以及对于社会和世俗的无情鞭挞!那些细致入微的人体线条与故意放大的肌肉,膨胀的情绪如洪水猛涨,铺满了整个博物馆。我偶尔从二楼的窗户眺望,才得以平息内心这些被煽动的情感,它们被博物馆花园里的静好稀释了——这是我在罗丹美术馆体会到的一种极大的悖论,好像整个巴黎一样,好和坏都在这里,它们如旅行和人生中的两面,相依为命,谁也离不开谁。

我徜徉在花园侧面的小树林,这里依然堆放着罗丹的大量作品。我觉得他真是一位非常高产的雕塑家。树木上面展示着罗丹的生平介绍,我人生那些转折点,用于自我鼓励的类似于口号的引言都来自罗丹,很多仿若是人生的警醒时刻,等待命运最终的审判。我喜欢巴黎,我喜欢这些接近灵魂的时刻,它们就经常发生在参观博物馆、美术馆,和这些大师们面对面的时刻。我并非为了窥探罗丹和他的情人卡蜜儿而来,对于我来讲,罗丹美术馆的美恰恰是如此充满了力量,这种力量正如罗丹每一次狠狠地把泥土抛洒在未成型的雕塑作品上,那些用尽了心力而形成的巨大艺术磁场,紧紧吸附着像我这样的旅人,我们为之兴奋不已。

去过了罗丹美术馆我才明白：为何高级时装屋迪奥（Dior）的新任女设计总监玛莉亚·嘉西亚·邱丽（Maria Grazia Chiuri）把自己的迪奥首秀放在这里，因为这份阳刚与愤世嫉俗也给了她的迪奥系列以勇气，让她把自己心底的"女性主义"信号毫无顾虑地传递给新时代的迪奥迷们。

我在结束了罗丹美术馆的参观后，以 5 折的价格买到一本毕洪宅邸的介绍书，结账的时候，工作人员跟我确认是否买法语版（可能因为我从一开始就和她说法语）。我感到一种窃喜和害羞，回答她我只能读懂英文版。但这将会是一本伴随我良久的纪念书籍，我怀着非常不舍的心思离开罗丹美术馆。我在巴黎的每一天都感受到这样一种力量——它们触手可及，真实可靠，让我成了旅行路途中更无知无畏的一个永远的孩童，就像是住在罗丹或者欧根·德拉克罗瓦内心深处的那只怪兽，未有停歇。

博物馆内罗丹的雕塑作品。

欧根·德拉克罗瓦博物馆内的绘画，画风遒劲有力。

ᕦ 罗丹美术馆内的肖像绘画。

ᕦ 经过时光的打磨，男子的肌肉线条像是带有雕塑感。

欧根·德拉克罗瓦博物馆内的画作。

Privé

在欧根·德拉克罗瓦博物馆中的小花园坐了下来，巴黎的天空时而阴，时而晴，由杜伊勒里宫花园园丁打造的这座花园非常精致、细腻，是灵光微露的。

épisode 2

我对巴黎的第一印象？这是世界上最非凡的地方！

—— 英国作家 查尔斯·狄更斯（Charles Dickens）

巴黎的运河

The canal Saint-Martin

圣马丁运河（Le canal Saint-Martin）在巴黎的北面，绿色的运河水一动不动，像是一潭死水，但不妨碍运河周围的街区成为如今巴黎的嬉皮、艺术家和设计师扎堆居住的地方。就连那些有点设计风格的时装品牌，也争先恐后在运河街区开店，以彰显艺术气息。如今，运河周边汇聚了更多的设计精品店和知名书店、画廊，"圣马丁河"已成为巴黎另一种时尚生活的代名词。在这里散步，和巴黎其他区域不同，这里趣味十足，亦保持些许神秘感。从共和广场穿过几条街，就可以抵达运河。这条起源于19世纪的城中运河，彰显了当时巴黎作为世界大都市，城市建设与管理的典范作用。当年，因为城市人口的日益增长，塞纳河河水不仅受到了严重的污染，而且，还出现了因运输过于繁忙而不堪重负的情况。为了解决巴黎人的饮水问题和缓解塞纳河运输的压力，1802年，时任巴黎第一公使的拿破仑决定将巴黎几百千米外的水引进来。经过几番周折和多方筹备，终于在1822年开始了运河的开建工程，这个工程的修建花了4年的时间，直到1825年新运河才在国王查理五世揭幕后正式投入使用。此后，这条4.5千米长的圣马丁运河在与巴黎北部的另外几条运河连接后形成了长达130千米的水系。不仅为巴黎带来了洁净的水源，而且航行其间的货船还为巴黎人带来了如木炭、谷物这类的生活物品。随着公路和铁路的不断发展，运河的价值逐渐减退下来，随之而来的便是沿河岸的工厂、仓库以及工人的相继搬离。1993年，巴黎市政府将其列为历史性保护建筑，使得运河从此得到应有的保护。今天，从圣马丁运河流入的水主要供巴黎市区清洗街道和浇灌植物之用。

如今的运河发挥的还有观赏和供人打发时间的作用。有一日，我一个人走到运河，走上这些河上的闸桥，脏脏的河水旁边总有无所事事的人，以及闲散游客。桥上已经被各种涂鸦占领，包括运河两岸商店墙面上的涂鸦，整个运河区的嬉皮感觉不言而喻。在爱彼迎（Airbnb）网站上，还推出了巴黎运河游项目，只要交钱，就可以参加一个围绕着运河的半日游览项目。可以骑车，可以步行，跟随导游了解一番运河的历史，走进周围有趣的街区。当被艺术家、设计师们占领的运河区域成了新兴的城市旅行目的地，也让这一地区的各种餐厅、咖啡馆多起来，和死寂的运河水形成一种互补。

走一走，就可以来到运河对岸的"北方旅馆"（Hôtel du Nord）。天气好的时候，阶梯一旁的门口总坐着喝咖啡的人。这家建于1885年的神秘旅馆见证了运河的沧桑历史，当年它曾是船员水手的第二个家。有关这家旅馆、这条运河的风趣往事曾被集成册，1929年由旅馆老板的儿子出版。其中一对情侣相约到这家旅馆自杀殉情的故事又于1938年被改编成电影，由法国著名演员阿莱缇（Arletty）领衔主演，并风靡一时。一本书、一部影片，这座楼、这条河，就这样成了不朽的经典，吸引了成千上万的游客。2005年易主装修后的"北方旅馆"，刻意恢复了20世纪30年代的风格，红色调、镶木块楼板，吧台与古典的咖啡桌椅，还有面朝运河的宽敞露天阳台，让人忘掉时光流逝，重回经典的巴黎沙龙时代。

去年4月，我和好朋友Lily住在运河附近街区的一家简陋酒店，夜晚从共和广场走回酒店的路上，酒吧和餐厅混杂，各色人等，活色生香，但也有一丝凋敝和不真实的堕落感。第二日下着雨的清晨，我和Lily原路去往共和广场，误打误撞进入一家生活用品杂货铺店，锅碗瓢盆、厨房器皿、背包、卧室客厅摆设、家居床上用品，样样精致，两层楼规模，连接着一个瑞典风格的咖啡馆，才觉得夜晚和白日的共和广场，以及运河区域极为不同。杂货铺里的两位售货员也是各自忙碌着，忽然进来一个法国男子，长发，估计是老板，他和两位店员说说笑笑，清理了一下货品，又去咖啡馆打招呼。

我和Lily在咖啡馆坐下，要了拿铁，点了瑞典的三文鱼、三明治。我听出咖啡馆的两位店员说着瑞典语，是典型的金发北欧人，但是法国男子一来，大家又转换为法语聊天。Lily在国内是一家推广美式复古文化与咖啡馆品牌的市场活动公关，Lily性格豪爽，做事果断，热爱旅行。我和她结伴参加过柏林的复古男装交易会，也去过伦敦参加咖啡节。在Lily看来，巴黎古旧，夜晚有些萧条，巴黎人的观感不如电影中描绘得那么美好——我承认，巴黎是让人又爱又恨的城市。但是一旦爱上，就是永久的一种爱，堪称永恒，比如我对巴黎的喜爱。

我和Lily坐在这家咖啡馆里，计划着行程。幸亏有Lily，我可以不用费时费力，就能和她去到当地街区最有意思的咖啡馆。经过她的带领，我们从共和广场出发，小走一程，找到一家很小的咖啡馆，没有座位，只能外带。咖啡馆制作的外带杯，很有设计感，白色纸杯上有一个抽象图案代表着这家咖啡馆的标记，简洁不已。我们就这样一路喝着咖啡，游荡在巴黎北部，橱窗里经常有让人搞不懂的装置，但是这里确实嬉皮，各种面孔的人，把运河区变成了一个非常不巴黎的区域，好像来到了柏林。偶然遇到复古二手服装店，我和Lily都很兴奋。她是专业人士，对于这些巴黎的二手古着（Vintage）店绝对不会放过，我也喜欢进店，在堆放得毫无章法的店内一阵乱翻，好像是对巴黎发了一通坏脾气，像是一个乖张的孩童，等待巴黎给我最及时的安慰。

是的，每个人都可能在巴黎变成一个孩童。运河区域大概就是可以收纳这些"孩童"心态的地方，这里放纵、混沌，夜晚好像看起来有些危险，白日里又有些萧索，只有街上的涂鸦是热闹的。夏日的傍晚，运河旁的河堤上坐着演奏乐曲的人，曲调散漫，形态酣然，像是特别为巴黎编造的一个谎言。情人在这里牵手、接吻，已经基本上不通行船只（除了游船）的运河，绿幽幽的，到了深夜则有着一种森严的气氛，但是，周围居民经常投诉，夜晚有喝醉酒的年轻人，在运河上大吵大闹。早晨一醒来，张望运河的远近，又全是跑步的身影，这是一条奇怪的运河。它象征着巴黎的综合性、功能性与审美性的杂糅。但是，在整个巴黎都盛行的十分装酷的氛围中，圣马丁运河的气氛是真实的，如果是要来运河装酷，大概也无法装出塞纳河右岸或者左岸的那种优雅、知性。在这里，除了大吼大叫，就是懒散自我。

一个闲散的下午，我又去了我和Lily去过的那家很北欧的家居杂货铺，结果遇到周一闭店，我一脸不爽，转而走进一家阿尼亚斯贝（Agnès B），一位中年男店员，没有顾客的时候，就在店外抽烟，形态潇洒不羁，真是奇特。这间阿尼亚斯贝男装店给我的感受异常美好，从音乐到陈列，以及那些像是摆在客厅一样的沙发、电影海报、唱片，和运河区域十分搭调，让我舍不得走。遇到两个男顾客走进来，有人牵了一只爱犬，这是我喜欢巴黎很多时装店的地方，主人可以把宠物带进店内，大家相安无事，一派其乐融融的家常气氛。今时今日，也只有在这样日常的地方，阿尼亚斯贝还散发着这份迷人的法式情调吧。

从阿尼亚斯贝出来，再走去运河，仔细想了一通，巴黎的魅力，对于我到底是什么呢？我觉得巴黎的魅力就是一种执念，这种执念，就是一厢情愿地笃信巴黎是艺术家的终极城市。在巴黎，作家倾慕的创作氛围，大抵如这运河掩藏的各种鲜活与沉静一样，五味陈杂。历史变迁中，巴黎始终保持着一种深沉的庞杂和气度，这是对创作者的一种巨大宽慰！

↺ 运河在白天显得非常安静。

♭ 圣马丁运河附近的店铺都非常好逛。

ᕯ 坐在北欧家具店铺咖啡馆的男子。

从运河散步往回走的街道上，遇到一位红衣少年，他的背影孤独，但也倔强自持。

ᢙ　那日，我在巴黎五区散步，去了海明威当年在五区的公寓，遇到这对情侣手拉手
　　走向我。傍晚的巴黎放了晴，似乎是一个温暖的预兆。巴黎，充满了爱意。

JE NE
PENSE QU'
À ALLER
À PARIS

épisode　3

一千个巴黎的理由

对于独行者来说，巴黎是最佳目的地，
只有闲逛者的步伐可以跟上这座城市的所有细节。

—— 美国作家 埃德蒙·怀特（Edmund White）

和暖的巴黎巴士

Hop on a bus

在巴黎，最好的交通工具是巴士。如果你并非需要赶时间，就不必在不同的地铁线中周转，忍受巴黎地铁奇异混杂的味道，可以选择巴士出行。巴黎市区非常适合步行和散步，即便巴士无法把你送到目的地，也可以在附近的车站下车，再步行一段（如果不是那种特别湿寒的冬日），体会无比真实的巴黎。

那些跨越左岸和右岸的巴士路线真是非常体贴，沿途经过著名的景点，从塞纳河上的桥身穿越，仿佛就来到了另外的世界。经过协和广场，或者卢浮宫的巴士非常骄傲，它们在卢浮宫前的广场会放慢脚步，似乎是故意让乘客偷看一眼卢浮宫的玻璃金字塔。从与古老建筑、博物馆相连的拱门下穿过，再一路驶向巴黎歌剧院，直到终点站圣拉扎尔车站（Gare de Paris-Saint-Lazare），你还未回过神来，这段花都观光旅途已经结束。如果还意犹未尽，那就返回去，由右岸再回到左岸，再来一次美妙的神游。

巴黎还有一些巴士穿梭在城区的街巷中，比如在玛黑区内行驶的巴士，均以单体车厢为主。因为巴黎的老街区狭窄古旧，一个单体车厢已经举步维艰，只能缓慢行驶，偶尔还要为了避让如潮的旅客，而停下本就缓慢的脚步，司机为此不断咒骂。但坐在这样的巴士里，作为游客的我却非常开心，价格便宜过真正的旅行观光巴士，但是效果却比那些"风餐露宿"、一路高扬着旅行口号的观光巴士好太多。起码，我坐在那些面色冷漠的巴黎市民中，没有感到这座城市有多么的疏离与陌生，他们的面孔和最为日常的造型，与巴士一起滑过市区街巷的景色，为我勾勒出了最本真的巴黎印象。跟随这些穿街走巷的巴士随意游览巴黎，或者真是为了抵达我要去的目的地，都是让我兴奋不已的。

搭乘巴士给人的安全感大于地铁，因为近年巴黎的恐怖袭击事件让人心生不安，我对巴黎的治安更是毫无信心。从地下转为地上，好像才较为安心。从六区的 Vavin（巴黎街区的名字）搭乘 68 路，似乎是搭乘了一趟中产阶级的巴士，车上的乘客都穿戴整齐，无论是巴黎的中年女人，还是穿着西装、打着领带的老人，都透露着无比优雅的风度。他们上车都会向司机问一声"Bonjour（日安）"，像是跟这个路线的每位司机都很熟悉一样，或者是故意在向我这样的游客展露老巴黎的风韵，这样的场景让人身心舒服——只有在这样的时刻，你会感到巴黎的美好，人情冷暖，彼此关照，似乎可以照亮巴黎冬日的阴暗。

我想起作家迈克在《站与站之间》这篇巴黎散记中写乘坐巴黎巴士的观感：

和暖的下午，衣着入时的中年女人搭巴士便是风景。无所事事的中产阶级，日常所做的不过是约个志趣相投的朋友喝茶看画展，买一件仍然赶得上今季潮流的裙子，也就满心欢喜了，好整以暇地坐在窗边的座位，笑着发表对新近看过的一部电影的心得……听的那位点点头，因为没有搭腔，实在不知道有没有用心听。

热爱 68 路这条线路，是因为从左岸的小巷子穿越出来，在驶入右岸的新桥前，68 路会经过我热爱的左岸的德赖斯·范诺顿店，其实巴士是从艾克妮时装店（Acne）旁的巷子穿出来，但是德赖斯·范诺顿也在旁边，整个街面因为有这两个时装品牌驻扎显得异常时髦。德赖斯·范诺顿只在巴黎左岸有两家店铺，一边是男装，一边是女装。我和一个女朋友在一个冬日的傍晚，走进男女装店，男装店内的一男一女店员非常慵懒，各自开着玩笑聊天，对我们道了日安，就不再招待我们，任我们自己在德赖斯·范诺顿的时装世界中徜徉。不管是女装店，还是男装店，它们统统散发着一种旧时代繁复华丽的风采，沉淀着的色泽、质感，与店员风姿绰约的神态举止一一呼应——只有在这些时刻，巴黎如此美好，如此形而上，和现实世界好像没有任何的关系。对于我来讲：巴黎的巴士，似乎就是这种穿越时空、连接虚幻和现实的交通工具。

具有同样效果的巴士路线，还包括从左岸的索邦大学附近"学校"（L'ecole）一站，搭乘2字头的巴士，往圣拉扎尔车站方向行驶，一路也可以有这样的穿越效果。那是去巴黎歌剧院（Opéra Garnier）最好的巴士路线。我清楚记得踏入巴黎歌剧院的兴奋和震撼。大理石和金饰交相辉映的剧院，是拿破仑三世典型的建筑之一。可以用金碧辉煌来形容与二楼露台相连的休息大厅，其华丽无比的休息大厅堪与凡尔赛宫大镜廊相媲美，四壁和廊柱布满了巴洛克式的雕塑、挂灯、绘画，有人说这里豪华得像是一个首饰盒，装满了金银珠宝。我记得硕大的镜面反射着每一个游客不断拍照和惊叹的面孔。

我走到露台上，望着巴黎的街景发呆。一对美国游客让我帮他们拍照，女孩子说，她要摆拍那种类似于时尚杂志一样的很俗气的照片——这是女孩子的原话，她大胆摆出那种文艺戏码的造型，在巴黎歌剧院中尽情展露着这份被巴黎激发的文艺调子：故作深邃的忧伤、神往，以及和男友的痴缠爱恋。我愉快地帮他们拍照，我非常享受，说："不如我也来一些做作的照片吧。"女孩子点头，热心帮助，才有了我唯一一张在巴黎歌剧院露台的留影，我目光深邃，望向远方，若有所思，仿佛被巴黎吸引一般故作神态。

从露台可以清晰看到歌剧院前面的广场，地铁站和巴士站交错，那些总会在广场前堵起来的巴士，偶尔发出怒吼，从来不看红绿灯的巴黎人横穿马路，加大了巴士司机的怒气——但你必须把这一切都理解为一种巴黎风情。转念一想，你也学巴黎人开始横穿马路，并对着巴士司机们做鬼脸，并为此开怀大笑。

巴黎的巴士也有糟心的时刻，比如，我曾经自信地认为清晨的早班车一定如车站时刻表一般准时，实际的情况却差强人意。我在凌晨 5 点等待一辆开往巴黎北站的巴士，但是等了很久，巴士并未按照时刻表显示的时间如约而至。在寒风中冷得瑟瑟发抖的我，看到相似的巴士驶过巴士站，上面站着和坐着神情麻木的人，他们以黑人居多，仿若是刚刚结束了一晚的夜班工作，清晨放工回家。

无奈之下，我还是伸手拦截了一辆的士。一位黑人司机，出乎意料的礼貌、乐观、开朗，用法语确认了我要去的目的地之后，车上只有播放的爵士乐的声音。我随着这辆的士在巴黎城区转了几个弯，还没听够这位黑人司机播放的爵士乐，他就微笑告诉我，我们已经抵达了目的地。那一趟清晨的旅途如此清爽自怡，我决定在巴黎做一个自我沉溺的享乐者，就像一首著名蓝调的歌名一样：风雨无阻（*Come Rain or Come Shine*）。

◦ 巴黎歌剧院的角落散发着幽深的辉煌质感。

在巴黎歌剧院的角落发现了玛丽·马德莲娜·吉玛尔（Marie Madeleine Guimard，1743—1816 年）的雕像，她曾是巴黎歌剧院的首席舞蹈家，是当时舞蹈界的明星，而她的爱情故事闻名于世。

巴黎歌剧院的辉煌让我神往，但我却那么喜欢躲在有幽灵般出没的堂厢外，张
望整个歌剧院的舞台，我仿佛听到那些高扬的音符，被一个一个地分切开来。
巴黎，在历史的辉煌中荡涤着的这些情绪，转瞬就会消失，我每一次都非常小心，
并把它们全部用文字记录下来。

épisode 3

重要的是清楚记得，所以一切都是真的。

—— 香港作家 迈克

一杯毫不巴黎的柠檬红茶

A cup of lemon tea in Paris

我是香港作家迈克的书迷。第一次读迈克的文字是在十几年前的《城市画报》，彼时的迈克已长居巴黎。他在《城市画报》撰写专栏，每期和我们分享电影和文化话题，专栏涉及的领域和写作对象都是我热爱的。迈克的文风老辣、风雅，他可以精妙地使用中国古典诗词，却又中西结合，带给我现代、潇洒的文字感受，迈克成为我的文字偶像之一。毫不夸张地说，读他写的欧洲散记、巴黎随笔，为我后来的欧洲旅行和写作打开了一扇窗。

如果不是在二十几岁的时候，遇到了迈克的文字，我无法想象我还有另外的途径可以了解文化人物，比如皮娜·鲍什、三宅一生、玛利亚·卡拉斯，或者伊夫·圣·洛朗，等等。迈克创作的往返于巴黎和伦敦的双城散记，早已是我最喜欢捧读的文章。我的书柜里，至今还放着 2004 年托人从香港铜锣湾书店买回来的两本迈克文集：《狐狸尾巴》《我看见的你是我自己》——后一本书给我深刻印象，我经常拿这个书名作为旅行中拍照的灵感来源。在那些漫长的旅行途中，很多光影时刻，"我看见的你是我自己"像是一句带有魔咒的话，时刻提醒着我：旅行是关于个体的启示，是与世界上那些本来已经存在的自我的重逢。这有点像王家卫在《一代宗师》里借了章子怡的口讲出的那句哲理性的台词：“世间所有的相遇都是久别重逢。”

　　就好像我第一次去巴黎便觉得，这是我热爱的城市，我想在这里住一辈子，好的坏的，都照单全收。2013 年，借香港文化人的聚会之机，我和迈克第一次见面，在香港尖沙咀的餐厅吃晚餐。一桌人，噼里啪啦，东南西北地海聊，我跟不上节奏，就竖起耳朵听。但是迈克坐得有点远，我和他也没有什么交流，最后，我把刚在书店买的他的一本书递过去，请他签名，如此完成了一个书迷的心愿。

　　2014 年 6 月，我在巴黎，有一晚大雨如注，我在微博上写道：此刻，浪迹在巴黎的街头，被雨淋得浑身湿透。迈克则在微博上回我：此刻，还在为明天的专栏奋笔疾书。那时，感觉我们都困在了巴黎。

　　2017 年的 9 月末，我在巴黎约了迈克见面，他刚刚完成西班牙的旅行。一个周六，我们约在右岸的城市剧院（Théâtre de la Ville）见面。我提前出门，从巴黎左岸散步到右岸。这天，巴黎显示了最后的夏日温暖，阳光穿过塞纳河心，抚摸整个巴黎。沿着塞纳河散步的人仿佛自动被这种快乐感染，流露着故意散漫彷徨、心绪酣然的情态。那些在塞纳河右岸的乐园荡着秋千的小孩，或者用力骑着运动单车的人，都散发着最真诚的情绪，感染了我这种有点“铁石心肠”的旅人，在脸上浮现了笑容。

　　离约定的时间还有一个小时，我从连接左岸和右岸的桥跨过去，遇到了如潮的人流，我分不清状况，不知道这天下午有盛大的游行队伍从这里经过。我被左右涌入的人潮堵在了塞纳河的河岸，混合着从街心驶过的游行车辆，车上的音响声音宏大，根本分不清楚这些声音是在为什么而呐喊。只见那些半裸的男子，挥舞着旗帜，并向路边欢呼的人群抛洒各种纪念品、宣传品、糖果。狂喜的年轻人爬上公交车站台的顶部，朝着游行队伍挥舞致意，站台顶部的年轻人陷入一种疯狂中，神情有点可怕，最终被警察叫了下来。我朝着这些狂喜的人们拍照，有一个黑人上前用法文问我拍照是做什么用，我说我是游客，他好像才松了一口气。我真搞不懂，这些巴黎人在狂欢什么，又为什么害怕被拍摄？

这是一个非常混沌的下午，可能因为9月最后的温度感染了沉闷的巴黎人，每个人都被激发了情绪，使出浑身力气，要去发泄内心的狂躁不安，这种表达甚至让人感到一种后怕，以及破坏的力量。我真怕这一路的游行会这样持续不断，因为我需要跨越这条主干道，过街到达城市剧院的门口。无奈之下，我只有回到塞纳河岸边，远离这些人潮，寻找片刻宁静。我由街道折返到河岸，随意坐下，喝醉了酒的男女在河岸边争吵，随即，又由争吵陷入平静——这是巴黎典型的庸人自扰般的谈情说爱的方式。可能是因为男子已经喝醉，在这个美好的下午，他索性对着塞纳河小便。酒精和阳光的作用，把这些巴黎人都晒出了一种超现实主义的样子，包括这个小便的男子和他身旁的女子。他们就这样互相吵闹着离开了我的视线。然而，过了一会儿，另外几个巴黎的年轻人进入我的视线，他们显得开怀很多，各自吃着冰激凌。我看着手表，祈祷着街道上撒欢的游行队伍早早结束。

　　当我返回路面后，恢复了平静的街区，只剩下周末的阳光。我赶紧过街，城市剧院四周被围了起来，在进行整修。我已经看到迈克，走向他，叫了一声"Michael"，他转头，笑言担心我找不到。他也搞不清楚，这天下午的游行到底是闹的哪一出？我们莞尔，开始慢慢散步，顺便找一家咖啡馆坐下来聊天。

　　经由迈克带领，我们去了右岸一家巷子中的咖啡馆，里面贴满了电影海报——真是很文艺的调子，看起来简陋和狭小，但是人气颇旺，咖啡馆外可以晒到太阳的桌椅已经被各色人等占领了。我们上二楼，坐下来，只有我们两个东方人无法晒到太阳。不过从二楼望向楼下的院子，也同样惬意自如，可以一边喝咖啡，一边看这些巴黎人的百般"矫揉造作"和"骄傲自持"。

　　迈克起初也是在巴黎短暂居住，但是住得久了，总是要经常进出巴黎，最后干脆就长居了。我记得十几年前，在《城市画报》第100期特刊里，迈克的专栏名字叫作《为什么是巴黎》。"不是我选择了巴黎，而是巴黎选择了我""我仍然住在巴黎，尽量不去看巴黎人举世闻名的嘴脸，轻盈地跳过人行道上星罗棋布的狗屎，屏息静气应付地铁车厢里的异味"，我记得迈克在专栏里写下的这些句子，过了这么多年，依然可以朗朗上口。

我与坐在对面的迈克畅谈客居巴黎的心路。

咖啡馆里的侍应生半天都不回应我们，因为楼下院子实在太热闹，天气也太好，没有人想工作，或者这就是巴黎的一种态度。等待良久，一个不情愿上二楼的侍应生走过来，看样子他应该是临时来店里帮忙，不算正式在这里工作，他为我们点好了饮品，好像我们都没有选择喝咖啡，这个下午是个如流水一般的平常日子，我们喝着饮品，消磨时光。

我问迈克："如今是否还在为香港上映的法语片和英语片翻译字幕？"我家里珍藏着的很多套香港院线发行的欧洲电影 DVD，字幕翻译很多来自迈克。迈克说："已经不做这样的事，但是电影还是一直在看。"我抬头，看到墙上有一幅关于导演弗里茨·朗（Fritz Lang）的海报，弗里茨·朗导演是德国表现主义大师。我记得，在一段法国新浪潮导演戈达尔采访弗里茨·朗的短片中，一个年轻的电影狂人对弗里茨·朗进行充满敬仰的访谈，那是一次真挚的对话，黑白的胶片闪动睿智的光芒。

但是，迈克旅居时的巴黎和现在这个时代的巴黎那么不一样，我们聊到了巴黎的酒吧、夜店、交往方式的改变，一致认为：巴黎还是整体适合怀旧的城市。我问迈克："旅行的时候要写专栏怎么办？"他说："只要安排妥当，在任何地方都可以写，只是时间安排可能会紧凑一些。"我有些困惑地说："旅行的时候我无法深入写作长篇的文章。"他则说："专栏可以紧凑短小，时间也不会耽误很多，不过，如果是旅行的时候被写作任务（交稿）缠身，真会很痛苦，损坏旅行的兴致。"——我赞同。

我们的聊天结束，柠檬红茶的味道一点也不巴黎，只有楼下进进出出的这些巴黎面孔可以提醒我，我和迈克约在巴黎。我们请咖啡馆老板帮我们拍合影，巴黎人十分喜欢聊天，只要见你会三五句法语，就要和你抱怨大半天，家长里短，八卦不断。就在请老板帮我们拍照的瞬间，这个咖啡馆的老板也不忘和讲法语的迈克说几句无关痛痒的话，还要用法语反复问我们要摆出怎么样的姿势，要怎么拍摄。

随后，我们就沿着这条小巷散步，走出大街，竟然来到了圣保罗大教堂（Saint Paul Saint Louis），从圣保罗大教堂过街，就是我再熟悉不过的时髦区域了。很神奇的是，在伦敦也有圣保罗大教堂（当年查尔斯迎娶戴安娜的教堂）。巴黎圣保罗还是一处地铁站的名字，发音和英语不同，每次经过，听到扩音器报出站名，我都能感觉到英法世界的有趣区别。在走向圣保罗大教堂的路上，路过一家首饰店，迈克从橱窗望进去，他说每次经过这家店，都会忍不住望进去，各种精巧与灵感四溢的饰品与服饰，非常特别，从这个层面反射出巴黎的一种别致感。这是一座与众不同的城市，谁也不能代替它，一切都是命运的旨意。

我和迈克就在圣保罗大教堂前的小广场告别，走前他告诉我，他的很多朋友是一直不喜欢巴黎的，这也没有办法。这座城市，好像非常独立，但也讲究缘分，就像迈克选择了住在这里。如果你喜欢巴黎，你会爱得死去活来，如果你恨巴黎，你根本不会重返巴黎，连一点点的信心都不会给它！

巴黎不是天堂，在迈克看来，巴黎是一个家，以及心灵的归宿——我也这样认为。

我从圣保罗大教堂过街，被一位游客拦住，她用法语问我一条街如何走，我下意识用法语回她："抱歉，我并非住在巴黎。"她笑一笑，和我道谢和道别，如风而过……

📍 奥斯卡·王尔德当年居住的酒店，安静地躲在圣日耳曼大道的背面。

ᕲ 巷子、角落与蓝天。

ʅ 夏日的午后，

　塞纳河边展现了一种巴黎式的慵懒和柔情。

ᕂ 一个靠在圣路易斯岛河岸边打电话的人。我想起，海明威当年喜欢在圣路易斯岛河岸边的一棵大树树荫下阅读自己的书稿。

épisode　3

巴黎给人的感觉，就像是一个二十几岁的男孩爱上了比他年纪大的女人。

—— 英国艺术评论家、作家　约翰·伯格（John Berger）

巴黎女人为什么喜欢穿黑色

Why parisian women prefer to be in black

    一年四季，巴黎的时尚主色调似乎都和黑色沾边。对于那些从未造访花都巴黎的旅人来讲，对巴黎女人的想象，可能始终是她们最懂展露时髦与禀赋多姿的外貌，或者如一些巴黎电影所描述的那样，被塑造的巴黎女性，她们积极主动展示搭配、魅力与一种变化多端的能力，可是现实的情况又如何呢？

    首先，现实中的巴黎女人，是很喜欢穿黑色的衣服与鞋子（灰色则是仅次于黑色，备受巴黎女性欢迎的着装色泽），以至于到了痴迷的地步，随处可见的黑色穿着让整座城市呈现了低沉、阴暗、单一的态度。在这里，我们讨论的巴黎，应该是大巴黎地区，所讨论的巴黎女人是那些收入殷实，受过良好教育，拥有风格与品位的巴黎女人——这往往也符合大多数游客对于巴黎所抱有的一种幻想。无数人来巴黎寻找浪漫和时尚，但并非每个人都能如愿以偿。

    巴黎女人为什么热衷于穿黑色？英国作家皮乌·玛丽·伊特维尔在她的《偏见法国》一书中为我们解释了这种"偏执"，一切都因为在法国大革命前夕，从皇宫到贵族阶层形成的法国上流社会的"良好礼仪（Savior-vivire）"中的"谨慎低调"作风在"作怪"。根据伊特维尔的分析，法国人一直是泛欧洲民意调查中最喜欢宣称"平日作风"的民族，"无须过度受瞩目"——19 世纪，法国高级资产阶级开始对这种生活做派执迷，甚至到了狂热不已的地步，加之法国大革命的"清洗"残杀运动不断，让拥有贵族血统的女人们更加谨慎。她们"深恐受到革命后期财富税的横征暴敛；加之身上佩戴着首饰，哪怕只是一颗蒙尘的珠宝，都可能遭人怀疑在法属海外免税领地拥有不可告人的金山银矿"。也许因为如此，大革命后的法国社会，那些招摇过市的艳丽色彩与行为乖张，有别于大众的审美，和鼓吹奢靡的生活方式画上等号。因此，选择黑色和灰色才是最为稳妥的。为了降低粗俗与新贵的罪恶感，或者谨慎严格地避免被社会印上暴发户的符号，伊特维尔总结说："多数法国布尔乔亚女人的衣柜——有的是书柜——至少都收藏了'灰色'（格雷）的五十道阴影。"

回想路易时代的骄纵繁复，华丽洛可可风格的皇朝审美，凡尔赛宫殿的金碧辉煌，都是法国历史文化中的璀璨瑰宝。被送上断头台的皇后玛丽·安托瓦内特（Marie Antoinette），生前她不断出入各种酒宴、歌剧院。她沉湎于享乐的生活，曾经雇用了一位全法国知名的服装设计师为自己打造各种服饰，并且对型号超长的发饰十分痴迷，她会花好几个小时堆砌头发，一直堆到很高，然后还精心地用水果、羽毛、珠宝和小雕像装饰它们，这一切仿佛概括了她全部的空虚生活。奥地利著名作家斯蒂芬·茨威格恰当地总结了她的一生："在逍遥自在的人中，她是最逍遥自在的；在挥霍无度的人中，她是最挥霍无度的；在香艳风流和卖弄风情的女人中，她是最风流、最有意卖俏的。"

在著名女导演索菲亚·科波拉（Sofia Coppola）拍摄的电影《绝代艳后》中，故意说着一口美国英语的"安托瓦内特"皇后（克尔斯滕·邓斯特饰）像是一个摇滚巨星，呈现着华丽的审美，享受着世间最孤傲的奢华内心。所有的奢华与不断叠加的华贵，都在历次法国大革命中被彻底"清算"了，如今只能在凡尔赛皇宫中再度幻想这种妖冶艳丽的姿态——但它绝非属于大众，当历史的洪流退潮，法国资产阶级女性似乎以圆滑内敛作为一种着装打扮的基础，黑色真正是可以收纳一切心思、又非常典雅高级的色泽，在巴黎女性看来，它是天然的保护色。

在巴黎，我亲身领略了"巴黎黑"的各种高级暗语。比如，以巴黎为根基的著名设计师都青睐黑色；高级时装屋里的等级森严和职业素养，被黑色悉心打扮，让在此工作的核心人物拥有切身的权力和可以被无限放大的自我。前者的标准映照是伊夫·圣·洛朗的黑色女性"吸烟装（Le Smoking）"，后者可参考纪录片《迪奥与我》（*Dior and I*），设计师拉夫·西蒙（Raf Simons）履新就职迪奥时装屋的场面，真是越"黑"越犀利。

黑色不仅代表了一种法国式的现代简约感，极简主义的审美风格在当代法国社会一直是被积极倡导的，还暗暗符合巴黎布尔乔亚一族的叛逆心态，他们早年期望通过单一色调反抗社会桎梏与滥用色调而造成的社会资源浪费与审美疲劳。到了后来，巴黎波波族（BoBo）兴起，他们比布尔乔亚一族还要激进，选择精简自持的生活方式，但内心又反感布尔乔亚式的过度精细，他们更喜欢做旧的物件，保持传统与爱好古着。在政治意图上，更是反对法国主流社会的各种羁绊与不公允。黑色似乎就是一种宣言，非常准确，非常简单，亦非常有力。从巴黎现当代的各种文艺风潮中渐次响亮的布尔乔亚和巴黎波波族的口号中，黑色作为用于打扮的色泽被不断演绎，成为精简、时髦、典雅、环保的一种色泽，它甚至成为上流社会的一种可以玩味的时髦颜色，被奉为经典。

对于生活在西班牙和意大利的人来讲，此种"巴黎黑"可能真的非常无趣，显得过于严谨。所以，此时此刻大可放弃对于巴黎浪漫与洒脱，甚至是法国人不理性的陈旧看法。在巴黎上流社会，或者布尔乔亚女性的衣橱中被奉为圭臬的黑色才是不倒的神话，它从岁月和历史中走来，带有文化和政治双重意图，是可遇不可求的一次自我欣赏，倒也给予巴黎女人更多时尚搭配的发挥空间和能力。因为如若只有黑色可以大面积于身体上展示，那么，在搭配、剪裁与整体造型上，则更加考验巴黎女人的时髦态度和品位。时髦的巴黎女人往往不费吹灰之力，即可令黑色发挥巨大的诱惑作用，这已成为一则美谈。如若不是在巴黎生活数年，此种打扮心得很难被游客琢磨透。至于东施效颦，去模仿巴黎女人的黑色印记，也往往会落得吃力不讨好的下场。看来，一切的装扮都必须和这座城市息息相关，方能相得益彰。

也许，正因为黑色的单调乏味，让巴黎女人更专注品位、品格与整体的魅力塑造。放弃了花哨颜色和繁复的审美负担，反而更为看重灵魂层面和内心的共鸣。不羁洒脱与积极自我，成为自我体系的魅力综合体，似乎是巴黎女人在热爱穿黑色之外的一种精神信条。在巴黎的上流社会，隐秘传承的"Savior-vivire"即良好礼仪——直接翻译就是要知道如何去生活，其核心基础除了我们以上讨论的谨慎低调的打扮，还有体面的外表，端正的行为举止。所以，在巴黎，拥有良好教育和社会地位的女性，大都保持良好体型，注意饮食的搭配，在一派黑色时装的统领下，收放自如，年龄没有把她们吞噬，反而老而迷醉，如陈酿的红酒，香醇不已。

著名时尚设计师可可·香奈儿的名言："没有人年过四十还能青春永驻，但无论芳龄几许都可令人无法抗拒。"也是在巴黎，我觉得这里是"熟女"的天堂，脸上多一道皱纹和手中多一本书籍一样，具有化腐朽为神奇的魔力。点石成金的时尚术语，就是如巴黎一样，需要时光、年龄、经历和灵魂作为陪衬。现任法国总统埃马纽埃尔·马克龙（Emmanuel Macron）的夫人布丽吉特·马克龙已年过 60 岁，却依然可以轻松驾驭她热爱的法国国牌路易·威登（Louis Vuitton）。对于这位不怎么穿黑色的法国第一夫人来讲，年龄是她最强大的武器。

一位居住在法国邻邦比利时弗兰德斯区的朋友造访巴黎，对于喜欢色彩斑斓的弗兰德斯区来讲，波西米亚式的色彩选择也许只是个人风格的一种而已，但在巴黎未必是主流审美。我认为，现代巴黎其实已经有趣很多，新兴年轻阶层被全球化浪潮席卷，对于黑色未必全盘接纳，但从巴黎女人喜欢穿黑色这种下意识的选择来窥视巴黎，不啻为一次澄清幻想、树立理性与思辨意味的行为。

我喜欢巴黎的原因正因为以上的这些"怪"趣味。即便是身穿黑色，道貌岸然的巴黎中产阶级也会呈现一种内心守旧与外表目空一切的清高态度，实在是有趣又太巴黎的一种特色了。然而，喜欢黑色的巴黎女子，她们虽然在巴黎驻扎，但只要存在于不同的巴黎区域，也会散发迥异的文化内涵和品格，比如下一章我们要说到的"巴黎左岸"，那反而是这几年我关注较多的巴黎时髦风格的另一个侧影。

在卢森堡公园休憩的人。

卢浮宫另一面的广场建筑，有巴黎永恒的隽永。

THREE

épisode 3

世界上只有一个巴黎，这里的生活可能很艰苦。
但就算变得更糟，巴黎的空气也会净化你的心灵。

—— 荷兰画家 凡·高（Van Gogh）

有一种时髦叫"巴黎左岸"

The left bank is à la mode

2017 年 9 月，我在巴黎六区先贤祠和卢森堡公园附近租下公寓，住满一个月。每天买菜做饭，然后去逛博物馆，去卢森堡公园跑步，和巴黎人聊天。有一些隐秘的巴黎城市街区，真的只有住下来，才可以慢慢咀嚼。越来越喜欢巴黎的一些小型博物馆，也深爱六区的书卷气息、中产阶级的森严与忧伤。在六区、拉丁区，萦绕着的巴黎的大学氛围，始终是迷人和知性的。

我喜欢从公寓所在的地方往上走，走向先贤祠，绕过索邦大学，是巴黎最美的圣热讷维耶沃图书馆（Bibliothèque Sainte-Geneviève），恢宏震撼，感觉这里每天被神眷顾。走进先贤祠，瞻仰"雨果"，或者在先贤祠抬头仰望穹顶，拉丁文明的一种亘古力量，紧紧吸附人心。

站在巴黎索邦大学门口，游人就此止步，只能在外探头张望，让人觉得备受知识鼓舞。我在索邦大学对面的大学商场买大学的明信片，商场里售卖的白色 T 恤上印着索邦大学的古老校徽，白色棉质 T 恤下面有一个小小的法国国旗标志，非常细腻。从索邦大学外的书店走过，感觉拉丁文是读解欧洲文明的一把钥匙，巴黎人法语浓郁，但巴黎人太骄傲，常常厚此薄彼，如此可爱。

我在一次专栏中，探讨了住在巴黎左岸感受到的时髦和惯常的时尚之间的关系，这样的时髦是关于自由、灵魂与自我相处的时髦。住在巴黎左岸，以五区、六区为界限，洋溢着的这份知性、自由的时髦风格，并非因为巴黎千变万化的时尚风头而有很大的改变。在巴黎六区，以巴黎一大（索邦大学）为中心的大学区域，汇聚了法兰西最精英的知识分子阶层，这一区域充满着智慧的碰撞与不羁的面貌。确切来讲，巴黎左岸的时髦是拉丁区的文化艺术氛围深刻指引着巴黎的一种时尚风情。

漫步在拉丁区，书店一家挨着一家，电影院散布在大街小巷，且满足着不同文化艺术消费者的需求。那些摆在圣米歇尔大道两旁的二手书店售卖着一批又一批的法兰西经典文学著作。此外，几乎全新的关于巴黎历史、时尚、艺术的画册也可以以便宜的价格轻松拥有，文化以一种分享的美好方式在巴黎六区传递着。我去到巴黎五区，在当年詹姆斯·乔伊斯、海明威住过的街区勒穆瓦纳红衣主教路（Rue du Cardinal-Lemoine）散步，抬头仰望当年这些文学巨匠蜗居的巴黎公寓，一种清寒但神圣的气氛充溢在脑海间，那种神圣与历史感让每个在巴黎生活的人都感受到一丝温良。

"巴黎为何可以永葆时尚魅力？"我觉得答案就在巴黎的六区或者拉丁区。首先，巴黎人拒绝了历史的潮流对于自我的无知冲刷，虽然巴黎时装周每一季准时上演的精彩篇章，经常成为搅动全球时尚浪潮的信号，但生活在巴黎，可以"以不变应万变"。老的城市，老的建筑，老的心态，以及一种固执的慢调子，让巴黎看似彻底抛弃了快速运转的激情和勇气。其实，那些在巴黎右岸上演的时装秀，和整个巴黎左岸的生活调子都没有什么联系。巴黎六区的中产阶级穿戴打扮带有鲜明的质感，他们选择法国品牌，崇尚有机和健康的饮食观念，但和右岸以玛黑区为代表的那种BoBo一族又不同。真正居住在巴黎左岸六区的中产阶级，他们更加拥有与生俱来，或者继承而来的文化血统，使得这一区的人，既时髦又典雅。

那些藏在拉丁区的巴黎咖啡馆更是贴出告示，不允许在咖啡馆中使用手提电脑，咖啡馆的用途是社交、阅读，以及和自我相处——所有这些违背常理的执念，在巴黎都成了合情合理的、一种和时光和平相处的方式，而掌握了此种奥妙，并且能迅速把这种巴黎精神演绎到出神入化的巴黎人，就成了最时髦的代表。他们往往手拿一本书，坐在巴黎临街的咖啡馆外，成为被路人观摩的对象。

要详细叙述一种巴黎的时髦风格，是不可能的，因为时尚始终是变化的，但左岸的时髦风格因为非常独特，非常固执，反而能被学习与了解。如果你是游客，大可以去著名的双叟咖啡馆（Les Deux Magots）和旁边的花神咖啡馆（Café de Flore），身临其境，想象当年聚集在左岸的哲学家、艺术家们的文艺沙龙景观。我认为，左岸和拉丁区保留的这种时髦感觉，大概因为诸如萨特、波伏娃等文学家曾经频频光顾这些场所的原因，他们的理想与知性始终占据上风，使得他们的身影本身成了时髦的代名词——这就是左岸的魅力，不依靠外表和粗陋取胜。因为内心的洪流与精神性的追求，使得左岸的这份知识分子光环得到了传承和放大，它让巴黎显得更加迷人。

从巴黎六区的卢森堡公园散步去圣叙尔比斯教堂（Eglise Saint-Sulpice），沿路经过一些巴黎的时装店铺，标准的巴黎本地特色男女装店铺点缀其间。它们干净、清爽、简洁，衣服拥有精良的做工，穿着舒适，颜色柔和（但也别忘记巴黎女人喜欢穿黑色），让人轻松获得一种中产阶级的优雅做派，这是我最为享受的巴黎时髦风景，它们扎根在巴黎左岸的这些街头巷尾，经常默不作声，一旦被发现，让人立刻爱上，难以自拔。

法国著名模特伊娜·德拉弗拉桑热（Inès de la Fressange）的买手店就开在圣叙尔比斯教堂附近，店里所选的货品显示了这个巴黎女人的日常喜好，以及她的穿衣风格。伊娜·德拉弗拉桑热那种轻松随意、毫不用力，但又经历了岁月洗礼的穿衣特点恰好映衬了一种巴黎左岸的女人特质，她们大都很美，保持身材，热爱旅行、阅读和电影。

在巴黎，时尚从来不是模仿而来的。在左岸，巴黎人始终相信：知识是时髦的坚实基础，这大概也解释了为何巴黎始终拥有迷人的时髦魅力吧，因为知识和文学，以及自我的思辨都会因为时光的沉淀而历久弥新，散发光彩。

♭ 我热爱巴黎左岸，六区的咖啡馆和书店，我可以每日散步去圣叙尔比斯教堂，模仿巴黎式的布尔乔亚做派，在这个广场上仰望历史与圣光。圣叙尔比斯教堂就是我在六区散步的最后高潮。

Ɔ 巴黎一大内的小广场。

Ɔ 走进先贤祠旁边的巴黎一大，游客和师生混杂在一起，但我内心安稳，
从这里眺望的巴黎显然是充满了书卷味的。

走路去圣路易斯岛，桥上有弹奏表演的爵士乐队。

JE NE
PENSE QU'
À ALLER
À PARIS

épisode   4

并非米其林的巴黎

艺术分为五大类：绘画、诗歌、音乐、雕塑与建筑；

建筑类的主要分支就是甜点。

—— 法国名厨 安东尼·卡汉姆（Antonin Caréme）

甜品如你，大胃王路易十四

Eat the dessert like Louis XIV

在巴黎的朋友带我去六区的一家经典法式甜品店：杰哈·米洛（Gérard Mulot）。穿过巷子，看到了外观并非十分夺目的甜品店，但走进去，店里琳琅满目，仿佛进入了童话世界。我想起法语课本中，有各种法语名字命名的面包和甜品，法语老师随口就可以造出一句经典语句：“在法国，法国芝士的种类比一年 365 天还要多！”真是这样啊，据说，法国的芝士种类超过 1000 种，每个地区、每条河谷或是山谷地区，都有自己独特的芝士奶酪，而且，风土、口味各具特色。全世界也许只有法国人这样醉心于给不同的面包和甜食冠名，生产风味各异的芝士。有的甜品名字大胆创新，蕴含历史典故，比如，我们耳熟能详的“拿破仑”，就是我们吃的“千层酥”。

拿破仑酥，法文为“Mille Feuille”，是有一百万层酥皮的意思，由三层咖啡色的千层酥皮，夹两层吉士酱制成，口感丰富。每当叉子舀下去，酥饼便应声裂开，发出清脆的声音，每吃一口，都像敲响一个音符。法国人将拿破仑视作英雄，但凡最杰出的东西，都要冠上拿破仑之名，由此可见，拿破仑酥一定是有着非凡鼎盛的美味吧。

杰哈·米洛是一家有点“国营”风的甜品店。其实，说它是甜品店也不恰当，这个顾客即买即走的甜品屋，总是人来人往。住在周围的巴黎居民习惯了走进来，随意买几个乖巧的甜品，好像是给自己的奖励，又像是漫无目的，随便手指一挥，眯着眼睛也可以选一款甜品——我猜，巴黎人很自信，他们一定觉得这些法式甜品每一个都不差。在杰哈·米洛可以每周不重样地尝试不同种类的甜品，倒是真的。

放置在玻璃柜台中的甜品，有的非常有巴洛克风格，颜色艳丽，形态造型咄咄逼人，抢人眼球，有的甜品很少女心，有的则略微沉稳，有的亦是贵妇下午茶的标配，但都叫人垂涎欲滴。这让我想到了法国历史上著名的甜点大师和名厨：安东尼·卡汉姆（Antonin Caréme, 1784–1833 年），他不朽的甜品名言，也过于法式了："艺术分为五大类：绘画、诗歌、音乐、雕塑与建筑；建筑类的主要分支，就是甜点。"卡汉姆的父亲是一个酒鬼，但他在年轻时代，埋首于国家图书馆，勤于学习，阅读大量关于希腊与罗马的建筑书籍，练就能把手中的糕点雕刻成皇宫、神殿、充满装饰性建筑与废墟的高超技艺。制造甜品的过人技艺，让他成为一代宗师（法式甜品的造型意趣，大都发端于这位糕点师）。后来，卡汉姆出任英国摄政王——乔治四世的御厨，却让他郁郁不得志，可能他一直就不喜欢伦敦的阴霾，以及英国人对于食物寡淡的情怀吧。后来，卡汉姆又做过俄国沙皇亚历山大一世的厨师。沙皇盛赞卡汉姆："是他教我们懂得吃。"病逝前夕，卡汉姆还倾尽全力完成了《法国料理艺术大全》（L'art de la Cuisine Français）一书，该书被后人称为是法餐高级料理的一本圣经！

杰哈·米洛的店员站在柜台后面，像是老式百货商场的营业员，穿上"白大褂"一样的工作服，为你夹出选好的甜品，还不忘问一句："够了吗？就这些吗？"仿佛是甜软的促销口吻。然后，我从他们手中拿到一张结账单，还需要移步到店的另一头去付款，付款的工作人员给一张付款成功的单子，才能回到柜台，拿到选好的甜品。已经觊觎这些长得非常好看或者可爱的甜品的游客，一定是很想杀了这些磨磨蹭蹭的店员们，但是，这里的店员在末尾还不忘抛一个媚眼，拿着印有杰哈·米洛字体购物袋的顾客，赶紧逃离这个具有魔幻感的"糖盒子"。

后来，我带一位在北京工作的朋友去杰哈·米洛。非常奇怪，在巴黎的甜品店，你会不怎么计较热量和脂肪堆积，反而对这些向你招手的甜品敞开心怀，肆无忌惮，大快朵颐，并且深信如果隔日离开巴黎，就再难吃到这样美艳、地道的甜品了。我的这位朋友也仿佛中邪，点了自己在国内从不会尝试的高糖分、类似于晶体状、带有巧克力装饰的甜品，外加一份经典的焦糖泡芙。这一次，我们就靠在杰哈·米洛临窗的角落里吃起来，遇到同样的两名异国游客，大家吃得那么开怀，这份幸福感，好像也感染了杰哈·米洛的店员，大家互相微笑，比甜品还甜。

可能巴黎真有魔咒！我第一次去杰哈·米洛，巴黎的朋友说，最美的体验就是拿着买来的甜品，散步去附近的圣叙尔比斯教堂，坐在广场喷泉前，慢慢吃，那才是很巴黎的感觉。我照做，拿着一盒甜品，坐在喷泉前面。至于买的是什么，我都忘记了，好像有一款覆盆子夏洛特慕斯（Charlotte aux Framboises）。粉色的慕斯蛋糕像是春天的樱花，入口清香，自然又浓郁，然而异常美幻。我清楚地记得，我吃得满嘴都是奶油的样子，非常狼狈。广场上的鸽子朝我聚拢而来，气焰嚣张，喷泉的水柱偶尔放出的声响，才把这群鸽子吓跑。

吃完了这盒甜点，我和这位巴黎的漂亮女朋友又马不停蹄赶往圣日耳曼大道的普希金咖啡馆，我们在这喝咖啡，更加放肆地点了拿破仑千层酥。侍者黑白装扮，一脸的仪式感。我的朋友开起巴黎人的玩笑，"整个巴黎，每个人都热爱表演，喝咖啡、吃糕点时也要尽量演出一份巴黎般的柔情似水和千娇百媚。""巴黎人，真会装啊！"……我们吐槽结束，又齐齐笑出声来，引来侍者的注目。从普希金咖啡馆望向圣日耳曼大道，匆忙赶路的人，留下一幅模糊但疏远的侧影。就在这个时候，我真的觉得，离开了巴黎，我再也吃不到这样的甜品了。

"想迷人，必常保持美丽优雅，但切记要慎重饮食。对食物料理，投以打理外貌等同的心力。让你的晚餐像首诗，美得有如华服。"法国记者查理斯·皮雷·慕斯雷（Charles Pierre Monselet, 1825–1888 年）如是说。我觉得在法式生活艺术中，饮食与时尚一样重要，对于食物和甜品倾注的心血使得整个巴黎始终洋溢着一份高雅迷人的姿态。巴黎一方面适合表演，一方面，不得不承认，法国人的装，装得实在高明，有个性、有情调，让人心悦诚服。因此，巴黎成了甜蜜的城市，加之这些五花八门的甜点，让巴黎更纵情，更放达。有的巴黎女子，好像真的可以只吃甜品过活，很奇怪，这是一个一直喜欢颂扬美的文艺城市，从吃到穿，又从穿到吃，像歌单一样循环。

穿得如此美，吃得那么精致，这件事就发生在巴黎的文华东方酒店。我在这里吃过新派改良的"圣·奥诺雷泡芙（Le Saint-Honoré）"。在法国，居然还有以圣·奥诺雷泡芙这道甜品命名的节日：圣·奥诺雷日（每年的5月17日）！

来到巴黎文华东方酒店的下午，花园中的植物绿意荡漾，下午茶的餐厅里有白色花瓣的抽象装饰，仿佛遁入了一场超现实主义的梦幻乐园中。据说，巴黎文华东方酒店的饼屋出产的圣·奥诺雷泡芙十分出名。19世纪，巴黎著名的甜点师希布斯特（Chiboust）发明了这款甜品，并在圣·奥诺雷道（Rue Saint-Honoré）开了一家甜品店。虽然希布斯特的甜品店已经不见踪影，但是隐匿在圣·奥诺雷道的文华东方酒店倒是继承了衣钵，将其发扬光大。摆放在我面前的这道圣·奥诺雷泡芙，褐色酥皮做底、白色平整的泡芙面团居其上、焦糖点缀的小圆球，配合了奶油，有着让人怦然心动的罪恶感。它看似简单，却藏着神圣的故事，像在典雅的文华东方酒店闪耀着一份简约沉静之美，圣·奥诺雷泡芙真是逼人投降，将它慢慢咀嚼的过程，好像享受了一个奢华的下午。

在巴黎，每个人都爱甜品，每个人都想成为美食家。孟德斯鸠男爵（1689-1755年）有一句名言："午餐谋杀了一半的巴黎人，晚餐谋杀了另一半。"说的就是这份巴黎人的执念。爱吃，会吃，会营造吃的气氛，一直就是巴黎的撒手锏，小如一份甜点和一杯咖啡，大到一顿饕餮法餐。

不用细数米其林出了多少本指南，也不想列举从古到今住在巴黎的美食记者，已经对巴黎的餐饮指手画脚了多少次。历史上的美食家"太阳王"路易十四——他不仅是凡尔赛王宫的缔造者，他或许还是后来整个法式生活艺术的首创者，他本人就是一名传奇美食家、大胃王！历史书记载：路易十四的进膳筵席场面浩大，午餐——即"小食"，就包括四种口味互异的汤品；整只填馅野鸡；一只鹬鸪和鸡、鸭、羊肉佐蒜味浓酱；两片火腿；熟透的水煮蛋；三大份沙拉；一盘糕点，再加上水果与果酱。路易十四过世后，后人发现他的肠胃容量是普通人的两倍！

路易十四时期的法国料理蓬勃盛行：名厨弗朗索瓦·皮埃尔·拉瓦瑞（François Pierre La Varenne）出版了一本关键著作《法国厨师》（*Le Cuisinier Français*）、唐·培里侬（Dom Pérignon）修士发明了香槟，由此晚餐的餐饮服务礼仪得以奠定，独立新式烹饪法逐步进化。新式风格打破了以往中世纪惯用的厚重香料的做法，改以新鲜香草带出食物的天然风味……

我合上手里这本描述"太阳王"的画册时，恰好是夜幕时分。法餐厅里那些被反复擦拭的水晶酒杯，被侍者们一一检查，娇嗔漂亮的法国女子和高卢男子挽着手踏入这家法餐厅。我只记得杰哈·米洛的闪电泡芙，细滑丝润，如你我，是停不了的思念！

♭ 六区的法式甜品店：杰哈·米洛。香港填词人黄伟文写了一首新歌，名字叫作《爱情是一种法国甜品》，很贴切！

圣日耳曼大道的普希金咖啡馆，此时的巴黎，天气开始降温了。

ↆ 在普希金咖啡馆度过的下午，怎么能少了甜品！

ↆ 我和朋友在巴黎的文华东方酒店吃下午茶。吃了新派改良的"圣·奥诺雷泡芙"，味道香醇酣然，在巴黎，早已忘记了要减肥的事！

6 巴黎文华东方酒店，下午茶的餐厅，是高级甜品的梦幻乐园。

épisode 4

当我想象自己死后在天堂的生活，场景总是显示为巴黎丽兹酒店。

—— 美国作家 欧内斯特·海明威

可可·香奈儿为什么情迷巴黎丽兹

Coco Chanel's Ritz complex

巴黎一区，旺多姆广场十五号，是巴黎最古老的市中心。1898 年 6 月 1 日在这里开幕的欧洲传奇酒店：巴黎丽兹酒店（Hotel Ritz）以一场盛大的名流派对拉开序幕。开幕当晚，巴黎下起了绵绵细雨，酒店主人害怕这样的细雨会吓跑当晚的嘉宾，因为当晚受邀参加开幕派对的名单里包括了巴黎社交圈最精英、最挑剔的人士。当晚，酒店创办伙伴之一，并号称是全世界最佳主厨的奥古斯特·艾斯可菲（著名的法国厨师、现代法式烹饪之父，和凯撒·丽兹一起创立了巴黎丽兹酒店）将一展手艺。八角形的旺多姆广场成了巴黎最时尚、最顶尖派对的集合地，而这个集合地的中心正是建于新旧世纪交替时期的巴黎丽兹酒店。

在这场开幕派对中，有当时还寂寂无名，仅是一名大学法律系学生，后来却写出了传世之作《追忆逝水年华》的法国作家马塞尔·普鲁斯特（Marcel Proust）。那些年，这个自认为拥有巴黎贵族血统，但瘦弱多病的敏感作家，一直想跻身于巴黎最著名的知识分子阶层。他知道巴黎丽兹将会是这个精英世界的中心。在漫长的写作过程中，普鲁斯特始终认为巴黎丽兹是自己的精神家园。酒店开幕当晚，普鲁斯特以一身浮夸的时髦服装，加入了这群丽兹酒店邀请的名人团体中——在普鲁斯特看来，他们代表了新旧世纪更迭中，那些最先锋和潮流的方向和思想——因为这些光环，让这座"皇宫"酒店成了巴黎绝对的传奇。

当然，巴黎丽兹的荣光滋养的文学人士绝非只有巴黎人，像后来游荡在巴黎的美国人，比如，海明威、菲茨杰拉德都是巴黎丽兹的座上客。在咆哮的20世纪20年代的全盛期，一群才华横溢，自视颇高，在文学史上被称为"迷惘的一代"的美国作家在巴黎度过了他们轻狂不已的年轻岁月。菲茨杰拉德曾经梦到与丽兹酒店一样大的钻石，并常常思忖"最优秀的美国人为何游荡到巴黎"。即便是伍迪·艾伦想在电影《午夜巴黎》中梦回海明威与菲茨杰拉德的巴黎时光，所有的努力似乎都是徒劳的。我记得海明威在《流动的盛宴》中这样描述昔日的巴黎："巴黎永远没个完，每一个在巴黎住过的人的回忆与其他人的都不同。我们总会回到那里，不管我们是什么人，它怎么变，也不管你到达那儿有多么困难或者多么容易，巴黎是永远值得你去的，不管你带给了它什么，你总会得到回报。不过这乃是我们还十分贫穷但也十分幸福的早年时代巴黎的情况。"

在海明威那篇《花园一旁的房间》中，他像一个孩童般描述了自己眼中的丽兹酒店："夏尔乐·丽兹（Charles Ritz）陪我走在铺上红地毯的漂亮大厅里，他十分体贴，仿佛我们都是迷路的孩子，既不懂得生为瑞士人，又卷入了可怕的战争中。"（夏尔乐·丽兹是巴黎丽兹酒店的创办人之一凯撒·丽兹的儿子，也是海明威的酒友。）1944年5月，欧洲正处于"二战"最为焦灼不堪的时候，作为战地记者的海明威一心要重返巴黎。在他看来，彼时被法西斯占领的巴黎中心就是丽兹酒店。在解放巴黎的日子，海明威重返丽兹，带着一副军事官的骄傲和不可一世，甚至他还赶走了比他提前抵达丽兹酒店的一些英国人，海明威在丽兹受到了热烈的欢迎，仿佛是欢迎一位老友的回归。他随即宣布了自己的使命："我来到这里，是为了从德国人手中解放巴黎丽兹的。"裹挟了年少盛名的美梦，巴黎丽兹在海明威的心中像是一个神圣的存在，重返丽兹的夏日如此美好，海明威不禁回忆："我回到我的房间，钻进丽兹酒店大床的被窝里。那些床都是铜制的。床上有一个超大的头靠枕，还有四个填充了真实鹅毛的方形枕头……"

关于重返巴黎丽兹的记载，据说海明威冲进酒店的酒吧痛饮了 51 杯干马天尼。对于嗜酒如命的老爹海明威来讲，此番解放巴黎丽兹的痛快感可以载入史册。后来，为了纪念历史上的这一笔，丽兹酒店以"海明威"为酒吧命名。海明威吧被《财富》杂志评为世界最好的酒吧。

凯撒·丽兹在创办丽兹酒店之初，就立志要把酒店办成"一个王子对自己的宫殿所期待的所有精致考究"的宫殿式旅馆，历经一百多年的风雨，这一初衷始终没有改变。即使在 1979 年埃及富豪莫哈迈德·艾尔·法耶德成为丽兹的新主人以后，酒店追求尊贵品质的传统依然没有动摇。今天，"丽兹"已经成为豪华和完美的代名词。在《新英汉词典》中，对"丽兹"一词的注释是："极其时髦的；非常豪华的。"在众多的现当代名录住客中，被我们津津乐道的依然是：海明威、温莎公爵（爱德华八世）、可可·香奈儿、戴安娜。

2016 年，巴黎丽兹酒店完成了最近的一次最大规模的整修，再度重开。2016 年 12 月 6 日，香奈儿的第 13 个高级手工坊系列：2016/17 "巴黎大都会"，就在重开的巴黎丽兹酒店发布。品牌再度以在巴黎丽兹举办时装发布会为由，向这位备受争议的创始人可可·香奈儿女士致敬！

风格永存的可可·香奈儿女士，从 1935 年到她去世的 1971 年，一直住在巴黎丽兹（除去"二战"即将结束，巴黎解放到 20 世纪 50 年代中期，可可·香奈儿由瑞士再度返回巴黎丽兹）。酒店专门为她安装了私人专用电梯，从她的豪华套房延伸到酒店后面的康朋街大门，方便她只需穿过康朋街就到达办公室。据说，Chanel No.5 香水瓶子的灵感就是来自于酒店旺多姆广场的建筑结构。

在描述香奈儿女士接近死亡的文字中，有着这样类似于电影画面的记录：这本来是一个平常的夜晚，习惯了巴黎丽兹大堂的埃及香，可可·香奈儿走入巴黎丽兹的大门，熟悉她的门童向她道了晚安。她回到房间，忽然胸口绞痛，她不曾想象原来接近死亡的状态会是这样，她不断呼唤女仆，并最终倒在了巴黎丽兹的公寓中——她死于心脏病。就连可可·香奈儿自己都没预料到，人生的最后谢幕竟然是在这家酒店完成的——这样痴情的酒店情怀，真是击打人心。但是，她为什么偏偏钟情于巴黎丽兹，就连她最后的死亡也在此完成？

巴黎丽兹为香奈儿女士塑造了一个温柔的逃避场所。这座1898年建造的巴洛克宫廷式建筑由参与凡尔赛宫设计的儒勒·阿尔杜安·芒萨尔（Jules Hardouin Mansart）亲自操刀设计，整体风格犹如皇家宫廷。酒店本身象征了巴黎贵族、权势和一种对于城市精英阶层的绝对话语权，仿佛只有在这样的栖身之所，可可·香奈儿才彻底忘记了青年时代遭受过的白眼、被人诟病的舞女生涯、贫困和一点点的自卑。坐在丽兹酒店里的可可·香奈儿显然可以对着前来采访她的记者们横加指责，这是巴黎丽兹给她的底气，坐在巴黎最中心的区域、类似于皇宫一般的酒店里，她就是时尚世界的女皇。所以，可可·香奈儿一直钟情于这家酒店。况且，从酒店到她的店铺和工作间，只有咫尺的距离。在巴黎丽兹，香奈儿把多余的精力和时间都交给了时尚，最后，她甚至都不需要任何爱人，她是自己的女皇。

正如那句著名的巴黎丽兹名言所传颂的一样："丽兹即巴黎"，占有了巴黎丽兹的可可·香奈儿，才可以说得上占有了那些因为酒店盛名聚拢而形成的气场、力度、必备的虚荣、名利圈和对时尚世界指点江山的底气。

"二战"中，香奈儿女士躲在丽兹酒店的奢华保护中，不谙世事。1940年，年逾57岁的香奈儿和同样住在酒店的德国间谍汉斯·冯·定克拉格相恋。间谍身份为香奈儿带来了很多特权。除了可以自由进出被德军占据的巴黎丽兹，当大部分巴黎人饥肠辘辘时依旧可以在晚宴上谈笑风生之外，她还有自己的"大事业"。香奈儿打算趁着战时犹太人处境卑微，借机把自己的香水生意全盘从犹太家族维德摩尔（Wertheimer）那里夺回来。

巴黎解放后，香奈儿曾被警察带走接受调查，英法两国政府都怀疑她在"二战"期间从事间谍活动。但对于自己的这桩情感丑闻，年华老去的香奈儿曾理直气壮地说："像我这个岁数的女人，如果很幸运地找到一位情人的话，是不会去看他的护照的。"在巴黎解放的时日，香奈儿目睹了巴黎"肃清"运动，那些在"二战"期间和德国纳粹有染的法国女性——她们被称为是"平躺的通敌者",统统被法国人施以野蛮的"极刑":剃光头、强奸、羞辱、处死。香奈儿随即在自己的商铺贴出告示,免费赠送香水给解放巴黎的美国士兵,以示友好姿态。而据历史记载,真正让香奈儿免于法律和道德审判的是她早年和英国政界高层结下的人脉,从被警方抓走,到安全无恙地回家,前后只有短短两个小时的时间,历史谣传的是因为英国首相丘吉尔暗中帮助,让她幸运地逃过了种种指控。

历史尘埃落定,巴黎丽兹见证了这位时尚设计师最隐秘,也最惊心动魄的篇章。而可可·香奈儿也决心把这些秘密永远埋葬在巴黎丽兹。我认为,巴黎丽兹让暮年的香奈儿依然可以回味人生最后的一次爱恋,对于这个内心高傲的女设计师来讲,没有比情爱更盲目的选择了,从香奈儿晚年可能留下的历史印记来揣测,巴黎始终是一座含混不清的城市,意气用事与感性享乐,和她的包容放纵和对道德永远把持的"双重标准"一样让人费解。

正因为有香奈儿的时尚光环作为一个永恒的故事背景,巴黎丽兹变为了当代时尚圈的传奇居所。赫本在这家酒店为她的新电影《窈窕淑女》(My Fair Lady)准备造型,电影《黄昏之恋》里动人的爱情故事在这里演绎。时尚设计师汤姆·福特(Tom Ford)和他的男友理查德·布克利(Richard Buckley)在这里为《Vogue》拍摄封面。1997年8月末,即将香消玉殒的戴安娜王妃和情人多迪从南法重返巴黎,住进了巴黎丽兹。就算是有一个悲剧的影子,丽兹酒店的这些传奇也可以继续闪耀整整一个世纪。至于老佛爷卡尔·拉格斐(Karl Lagerfeld),他已经在这里演绎了好几次香奈儿大秀,他希望,借由丽兹开启自己和可可·香奈儿真正的对话。

2016年,巴黎丽兹完成了一次较大规模的装修,这家闪耀巴黎的奢华酒店重开,重开的巴黎丽兹为热爱时尚和生活品位的人士带来了全球第一家香奈儿水疗中心(Chanel Spa),将相邻银行建筑进行重新构造,室内设计遵循香奈儿的理念,东方壁画,新古典主义游泳池,素白真丝面料创建出无比奢华舒适的空间。

这一次，卡尔·拉格斐刻意选在了酒店的茶室餐厅，让模特在这里走秀，期冀还原昔日的巴黎风月与时尚沙龙景观。

从这次模特展示的衣着来看，我觉得至少有两个方面，卡尔·拉格斐的香奈儿和巴黎丽兹是相互呼应的：第一，几乎所有的模特头上都戴有羽饰、麻纱帽、玫瑰花——女人的优雅自持，展露无遗。网状面纱，黑色真皮喇叭裤搭配黑白粗呢真皮夹克，将20世纪30年代的优雅风格表现得淋漓尽致。好多时候，我们都不在乎卡尔·拉格斐到底做了一件什么样的香奈儿套装，我们更在意的是，香奈儿的优雅和华丽是否得到了传承和放大。第二，在这次出场的多数套装中，奶油色、白色的粗呢套装像是故意把巴黎丽兹酒店里的"可可·香奈儿套房"做了一次时装上的演绎。如果你愿意付上一万欧元一晚的房费，你就可以住进当年香奈儿女士的套房。如今的香奈儿套房完整保存了当年的风貌，印着双 C 的白色大理石地面熠熠生辉，欧式沙发，米黄色墙面素雅低调，房间里每个细节都充满了巴洛克式的风格。虽然是奢华的套房，但配色却很低调，可能也映衬了香奈儿女士内心的一份淡然和寂寞吧。

当超模卡拉·迪瓦伊（Cara Delevingne）身着奶油色的香奈儿套装走过丽兹的餐厅，有那么一刻，我觉得时尚真是具有一种还魂般的魔力。到底是可可·香奈儿成就了巴黎丽兹，还是巴黎丽兹收纳了可可·香奈儿，都不重要。从一座超越百年的传奇酒店的这些只言片语中，我们仿若触摸到了巴黎旁若无人的、过度自恋的极端性格吧。

放置于巴黎半岛酒店里的一件现代艺术品。巴黎，奢华酒店的翘楚城市，让热爱酒店和设计的游客可以在这里度过神游一般的难忘旅程。

旺多姆广场 15 号的巴黎丽兹酒店，这里经常能看到名流的身影。

ꝑ 夏日傍晚，旺多姆广场上著名的旺多姆纪念铜柱坐落在广场的中央，1810年由拿破仑下令创建，
是模仿罗马的特拉真（Trajane）柱修建的。

épisode 4

机械从来就是我个人的仇敌；

至于钟表，它们注定要消亡或根本不存在。

—— 西班牙画家 萨尔瓦多·达利（Salvador Dalí）

达利：一幅画，一部电影，一家酒店

Dali: a picture, a movie, a hotel

2016 年的初冬，巴黎茉黎斯酒店（Hotel Le Meurice）依然静默地矗立在杜乐丽花园（Jardin des Tuileries）的对面，经历过几个世纪的风雨，面对日益灰沉的巴黎冬日，它更加淡然。茉黎斯酒店大概是超现实主义画家达利在巴黎住过的最长久的一家酒店吧，按月来算，他间或以此为家。

我第一次看到萨尔瓦多·达利的真迹也是在巴黎，那是接近 10 年前，在巴黎的蓬皮杜国家艺术中心。那么多年过去了，我依然喜欢达利的《记忆的永恒》。

在各种荒诞、超现实主义的梦境表达中，《记忆的永恒》始终萦绕着一个"达利式"的主题：不可知的神秘主义、忧伤的焦虑情结，以及由此带来的对于时间和记忆的哀悼。在达利天马行空的绘画肌理间，我看到了达利式的犹疑、恐惧、对于死亡的抗拒，以及他的梦境对于现实的不断打扰。

《记忆的永恒》创作于 1931 年，它的尺寸为 24.1cm×33cm，非常典型地体现了达利早期的超现实主义画风，表现了画家追忆童年时代的某些幻觉。艺术史家认为：中间那个柔软的"头"产生于冥想。在克雷乌斯角，达利曾经看见过一块岩礁，它的形状非常像这个"头"。关于这幅画描摹的对象，达利说："除了柔软、奢侈、孤独、偏执狂的吹毛求疵，空间与时间的康姆伯特干酪就再也没有什么了。"

这幅画的精髓肯定是这块如融化的蜡一般的时钟。事实上，柔软的钟表也是达利最广为人知的题材，他自己也十分喜爱表现"软表"这一主题，仿佛表示出达利对"时间"这个主题的狂热。对于时间的制约性，以及时间到底存不存在永恒性和记忆性，达利特别感兴趣。这种常常被他描绘成软绵绵的甚至可以流动的钟，显示出他对自己所痛恨的事物的冷酷无情，他曾说："机械从来就是我个人的仇敌；至于钟表，它们注定要消亡或根本不存在。"如此憎恨时间的流逝，达利开诚布公，表达了人类普遍的内心恐惧。

达利的恐惧，让我觉得伟大艺术家内心脆弱得像一个小孩，这份脆弱在由罗伯特·帕丁森（Robert Pattinson）扮演达利的一部电影《少许灰烬》（Little Ashes）中，被罗伯特·帕丁森展现得淋漓尽致。《少许灰烬》展现了西班牙三位后现代大师：画家萨尔瓦多·达利（罗伯特·帕丁森饰演）、诗人加西亚·洛尔迦（哈维尔·贝尔特兰饰演）以及电影大师路易斯·布努艾尔（马修·麦克诺提饰演）的一段年轻岁月。

我更欣赏诗人洛尔迦和电影大师布努艾尔这两个角色，他们是新时代的跃动灵魂，而达利在电影中是一个陪衬，如果没有洛尔迦和布努艾尔，他不会被带领走入新思潮社团，也不会最后被布努艾尔带到巴黎，成为一代艺术大师。

在这部电影中，罗伯特·帕丁森展现了一个演员该有的禀赋，让他在日后可以摆脱"吸血鬼"的形象。在电影中，罗伯特·帕丁森把达利的狂放不羁展露无遗，他饰演的达利是那么羞涩、稚嫩和有一点点的不到位，但我觉得正是这种不到位，反而才是一种达利式的反讽，达利从来就不是一个现实主义的大师，他的生活和思想永远脱节。

《少许灰烬》还展现了一段洛尔迦与达利渐生情愫的戏码，后来被艺术评论家津津乐道的达利的"同志"情结，就来自于年轻时代他和洛尔迦的那段没有结果的"初恋"。

走上了反法西斯斗争之路的洛尔迦更让人热爱，他真诚、果敢，以及在诗歌创作上的造诣打动人心。相比之下，达利仿佛是一个懦弱的艺术家，他展现艺术上的天赋，表达梦境中的焦虑，也是现实中犹疑不决的艺术体现。

电影总归是电影，有虚构和夸大的成分，当我走入当年达利住过的巴黎茉黎斯酒店，在一楼的"达利餐厅"驻足，我才明白达利的那些梦境与现实的撕扯，以及他对于时间与爱情的恐惧其实来自于他内心崇尚的自由。在一长串入住茉黎斯酒店的名单中，达利无疑是最特别的一位，他乖张和迥异的态度，因为巴黎，而得以绽放。艺术的巴黎是自由的。

我在 2016 年初冬再度回到巴黎，而法国设计师菲利普·斯塔克（Philippe Starck）则在 2016 年完成了他第二次设计和改造巴黎最具贵族气质的酒店：茉黎斯酒店。我踏入这家拥有超过两个世纪历史的贵族酒店，大堂休息区域那些超现实主义的绘画让我想起达利，Check in 柜台天顶上的妖冶图案，以及被故意用于装点的垂吊镜子，还有沙发上忽然冒出的颇有现代"巴洛克"风格的图案，都在提醒你，茉黎斯酒店的华丽蜕变没有远离其绚丽和"超现实主义"的文化背景以及永葆巴黎绝对上流社会"居所"的盛名。

茉黎斯酒店经历了四次重大重装和改造，菲利普·斯塔克在 2007 年和 2016 年两次承担酒店的装修和改造任务，夸张逗趣带有菲利普·斯塔克一贯幽默感的文化装饰符号被布置在酒店的大堂，以及著名的"达利餐厅"中。一块由菲利普·斯塔克的女儿阿拉·斯塔克（Ara Starck）设计的巨大画布被悬挂在天顶中，这块画布与同样出自阿拉·斯塔克笔下的餐厅地毯相呼应，水平和垂直概念的交错运用，使得"达利餐厅"的"达利"精神在新时代再度被演绎。

画布闪现的金色帷幔与达利餐厅中的华贵浪漫交相辉映，画布边缘类似于达利风格的字体像是故意提醒你，迷宫一般的餐厅，这将是最为"超现实主义"的一次就餐体验。在跨越了时间和空间的维度上，达利的癫狂和无法穷尽的乖张逗趣其实和菲利普·斯塔克的美学风格有点类似，两者都以线条、引人注目的变形图案、夸大的物件，而显得异曲同工。拥有米其林厨师艾伦·杜卡斯（Alain Ducasse）督导的茉黎斯两家餐厅：达利餐厅、茉黎斯美食餐厅（The

Fine-dining Restaurant le Meurice），都让看似超现实的浪漫梦想变成了现实。毫无疑问，从声色到味觉，茉黎斯酒店都是享乐者的奢华乐园。也许，正是这样的一份享乐奢靡感，安抚了当年达利脆弱的灵魂。我思忖，他选择来茉黎斯酒店是为了避世。

在茉黎斯美食餐厅用午餐或者晚餐，仿佛置身于法国王室的宫廷乐章中，曲调一路高昂。实际上这家米其林三星餐厅的建筑和装饰灵感正是来自凡尔赛宫的"和平沙龙（Salon de la Paix）"，宏大华贵，精细自恋，叫人欲罢不能，从17世纪王室奢靡生活方式中借鉴而来的装饰灵感，吊诡的水晶灯与金碧辉煌的天顶，以及宫廷绘画，毫无保留地呈现了法国文化的一份骄傲自满以及浪漫专注。这份无时无刻不在散发的骄纵华丽，真是打动每一位慕名而来的旅客。

在酒店一楼以路易十六皇宫风格著称的房间以及布局中，宽敞和高挑的房间，古典主义的门把，望向酒店对面杜乐丽花园的窗户，水晶吊顶，白灰大理石装饰的浴室，分明是在告诉旅客一个冒险的信号：小心遁入法国王室般的奢靡醉梦中，一边纵欲享乐，一边只能恋恋不舍。

酒店不同的楼层在保留了王室贵族的尊贵感的同时也营造和呈现了无与伦比的"巴黎生活方式"，比如，酒店四五楼凸显"花"的主题，六楼的房间则以"巴黎公寓"为主要风格，有一些房间的天顶被艺术家手绘出巴黎的天空，非常讨巧。茉黎斯酒店被鲜花与美食、香槟和巴洛克，以及洛可可风格完美嫁接。站在酒店七楼美丽星空皇家套房（Belle Etoile Royal Suite）的360度的露台上，举目的巴黎盛景，好像几个世纪都没有变过，旺多姆广场（Place Vendôme）依然闪耀着拿破仑时代的荣光，熠熠生辉，令人心生荡漾。

在关于茉黎斯酒店的所有传闻中，最有趣的就是画家达利曾把这家酒店当作家来住，他超现实主义和莽撞的行为，早已是酒店的巨大谈资。比如，他曾经要求酒店在他入住的时候为他准备好一群羊，再用空心子弹射杀羊群，或者要求在酒店的房间里放上一匹马，甚至让酒店员工去对面的杜乐丽花园为他捕捉苍蝇，他会在圣诞节时，把自己的签名当成小费送给酒店员工。当然，这些传闻听起来就是非常巴黎的，巴黎以这样充满了无限艺术幻想力的方式接纳了所有的"美丽怪人"。巴黎才是巴黎，它无法比拟的包容、宏大，它的艺术之光照亮了每一个来此寻求灵光的人。

我坐在如今的茉黎斯酒店中，这家自 1835 年开始在巴黎最中心的瑞福里大道（Rue de Rivoli）书写传奇的酒店还回响着 Coco Chanel 的时装沙龙靓影、巴黎上流社会的浪荡和倜傥。当毕加索和他的乌克兰妻子奥尔嘉·柯克洛娃（Olga Khokhlova）在这里举办他们的婚礼晚宴时，巴黎也接纳了这位才华横溢的现代画家。柴可夫斯基来巴黎举办音乐会，也下榻在此，就算是霸气的英国维多利亚女王到访巴黎时，也以此为家。茉黎斯酒店被英国作家称为巴黎的"伦敦之城"，皆因茉黎斯酒店拥有英国传统，再骄傲的巴黎，茉黎斯酒店的员工都以纯正的英语为世界宾客服务。我在入住的那一刻，无时无刻不想到狄更斯的《双城记》，伦敦和巴黎，两座伟大的城，围绕在茉黎斯酒店的文学艺术荣光中，再次互相映照。

如今的茉黎斯酒店是时髦的，巴黎的时髦也如这般，可以超越时空。菲利普·斯塔克的手笔在我看来，是锦上添花。在入住酒店的一个夜晚，我坐在达利餐厅旁的 Bar 228，有古老持重的服务存在，有不变的经典酒品奉上，但点亮茉黎斯酒店古老过去的竟然是那株银色抽象的树枝雕塑——好一个现代风华的贵族夜晚！坐在我身旁的达利一定在偷笑我吧……

♭ 茉黎斯酒店的房间内，恍若是穿越到古典主义时代的巴黎，并在这里幻想遇见萨尔瓦多·达利。

ᕀ 茉黎斯酒店内的灯光始终是温暖的，尤其在冬日。

巴黎茉黎斯酒店的房间像是法国宫廷的现代版,在这里住上一晚,我觉得我仿佛跌入了一场预谋已久的法式奢华享乐的迷梦中。回想起来,电影《午夜巴黎》里有一场戏:一群富有的美国人在这家酒店的楼顶露台喝红酒,整个巴黎的傍晚都呈现一种柔和的状态。

épisode 4

假如你有幸年轻时在巴黎生活过，那么你此后一生中

不论去到哪里，它都与你同在，因为巴黎是一席流动的盛宴。

—— 美国作家 欧内斯特·海明威

被王子嫌弃的巴黎铁塔

The Eiffel Tower, abandoned by the prince

　　据说拿破仑·波拿巴的侄孙罗兰·波拿巴王子非常不喜欢埃菲尔铁塔，认为那是与整个巴黎建筑格格不入的丑陋之作，现代得可怕，高耸得让人厌恶。罗兰·波拿巴王子特意在自己的宫殿莱娜宫殿（Palais d'léna）选择了一间看不到埃菲尔铁塔的房间作为自己的卧室。如今，从这间王子卧室的任何一扇窗户望出去，都看不到铁塔身影，成功保全了巴黎旧时的风景和模样，真是煞费苦心。

　　如今的莱娜宫殿是巴黎香格里拉大酒店的驻地。2016 年冬日，我在这里度过了两晚难忘的时光。为了印证王子对铁塔的厌恶，我特意在入住期间去了他当年的卧室。那间卧室如今被改造成了酒店最大最奢华的房间：皇家套房（Suite Impériale）。整个奢华套房背对着铁塔，从窗户望出去确实不见铁塔踪影，而能望见铁塔是巴黎香格里拉大酒店的最大卖点。不过，步入皇家套房，你会被另一番奢华风格打动，蓝色调的主卧，刻意保留着的皇家装饰风格，使房间本身成了一件艺术品。

　　皇家套房完美展现了皇族后裔的奢华感，房间的占地面积超过 275 平方米。在宽敞的浴室墙上悬挂的油画，使人联想起法国皇族时光。据酒店工作人员介绍，这些古画全部采购于古董市场，为了复原彼时莱娜宫殿的辉煌，酒店设计师和室内装饰师，让皇家套房处处是珍宝。

入住巴黎"香宫"的当晚，我在房间开窗望见铁塔，塞纳河近在咫尺，确实是巴黎的标准景观。而从起居饮食、室内陈列，以及服务水准去体验巴黎香格里拉大酒店，真是形神兼具得优美倜傥。我在想：以一座王子宫殿前身为根基，巴黎"香宫"将如何展现法式生活艺术与东方含蓄文明呢？

翌日一早，起床去紫金花餐厅（La Bauhinia）用早餐。紫金花餐厅和酒廊位于酒店建筑的正中——这里有以埃菲尔铁塔为原型的玻璃穹顶。抬头看到这座玻璃穹顶，似乎显示了巴黎人对于铁塔的不离不弃，虽然波拿巴王子那么厌恶它，但是现代酒店的设计却要刻意凸显这份巴黎式的标签。

我早就听闻巴黎香格里拉大酒店的亚洲早餐在巴黎声名远播。在紫金花餐厅用早餐，终于可以喝粥，吃鸡丝炒面，我又点了一份叉烧包，感觉是对了口味，非常还魂。

2010 年 12 月 17 日，巴黎香格里拉大酒店正式开门迎宾，成为该集团在欧洲的首家酒店。因为同时兼备两大欧洲最受欢迎的酒店元素——古迹酒店和宫廷酒店，巴黎香格里拉酒店从开门迎宾起，就似乎带有绚烂辉煌的古今光环，让人唏嘘。

酒店的前身：法国文化遗产莱娜宫殿，始建于 1892 年，最初是拿破仑·波拿巴的侄孙罗兰·波拿巴王子的宫殿。此宫殿的建造在彼时就引来巴黎人的注目，建筑风格融合 17 世纪和 19 世纪特色，简而言之，被称为是"折中主义"的，不过酒店的外观则是从路易十四王朝风格中寻求灵感，由法国瓦兹省运来的石块精雕细琢而成。

罗兰·波拿巴王子确实很随性，不被常规限制，完全按照自己的喜好来，把自己喜欢的风格融会贯通，使之典雅大方，又不失奢华的气派感。

从酒店的前台厅堂可以得知，这里以前是王子家人的接待前厅，如今作为酒店的入住前台，皇族灯饰烘托出的精美，以及通透的与餐厅相连的结构非常大气，行宫特质一览无遗。

王子逝世后，该建筑曾一度被改造为豪华公寓，当地许多名人入驻其中。2009年，这里被正式列为法国文化遗产保护单位。

为完整保存这座巴黎地标，香格里拉酒店集团投入了4年时间，在法国建筑师理查德·马蒂内（Richard Martinet）的匠心独运下，这座宫殿重现了昔日辉煌。据说在进行翻新工程时，集团还特别邀请了欧洲历史建筑翻新工程专家作为顾问，以确保原有房屋的完整性得以保护和恢复。

我最享受从酒店的前厅踏上阶梯上到二楼，整个过程如在一部描述19世纪法国宫廷生活的电影中穿梭。

拾阶而上，早年宫殿的雕塑历历在目，大理石柱、壁画应接不暇。二楼的金碧辉煌被用于宴会厅、会议厅的三个空间衬托出来，分别是：大厅（Grand Salon），餐厅（Salle à Manger），家庭沙龙（Salon de Famille）。

大厅高挑的空间，毫无局促感，以典型的路易十四风格为主。推开二楼的玻璃门窗，举目饱览铁塔风光。

精细的门把手延续着宫廷生活的奢靡，辗转在会议厅外的走廊，很容易入戏，散发骄纵的王室风采。此外，从墙上波拿巴家族的小蜜蜂徽章到拿破仑行军帐风格的酒廊，都时刻在提醒旅客，这里是皇家之地。

此外，我特别喜欢连接着酒店前厅和客房中间的休息区域，这里一共三个房间，用于客人休息等待，可以在这里点酒，随意参观房间中悬挂的绘画，幻想早年王子家族生活的起居日常。这里曾充满了繁文缛节，但在穿堂走动时，可以感受到那些留下的芳名美貌，曾是历史文化中的一份香艳记忆。在此刻的巴黎香格里拉大酒店，这份历史印记再度回响，实在精妙！

酒店房间大都深藏在翠绿的花园之中，总共有101间客房，其中的36间套房，是巴黎豪华酒店套房面积之冠。这是距离最近的可以在房间中欣赏巴黎铁塔的奢华酒店。连续两日早晨，我推开房间窗户，向着铁塔问候："Bonjour, Paris（日安，巴黎）。"

历史真是充满了讽刺意味，彼时不被人喜欢的巴黎铁塔却成了后来巴黎最著名的代言。但巴黎就是这样的城市，在各种创意和新奇涌现的时刻，巴黎人保持着独特的判断和审慎的喜好与思考。

虽是奢华酒店，房间的布置装点却十分温馨舒适，装饰品大都出自大师级工匠之手。源自法国室内设计大师皮埃尔–伊万·罗切（Pierre-Yves Rochon）手笔的客房，浅色系的装饰，营造毫无冲突的轻松视觉感。

巴黎香格里拉大酒店附近是世界上博物馆最集中的地方，走路去香榭丽舍大道也是可行的。此外，蒙田大道和乔治五世大街也在不远处，酒店的街区还汇聚了各种售卖精致商品的店铺，这些店铺均由名师设计。为了让住客能领略这份散步的魅力，香格里拉大酒店在 2016 年出版了一本《十个最有巴黎质感的散步指南》一书，为人们的出行出谋划策。住在"香宫"，完全可以根据此书规划一次自己的巴黎散步之旅！

莱娜宫殿地处的巴黎十六区夏乐宫（Trocadéro），有我喜欢的东京宫，在本书前面章节我有分享：东京宫经常在夜晚还开放，一直开放到夜晚 12 点。2017 年上映的法国导演弗朗索瓦·欧容（François Ozon）的电影《双面情人》（L'amant Double）中，导演把女主角的工作场所安排在东京宫，硕大的白色展场，高光之下有一个寂寞的灵魂。

东京宫里那些水泥色和露出建筑本来面目的艺术展示空间，向我们展示了一个现代巴黎非常多面的风格面貌，追求艺术和未完成的粗糙感，艺术青年在这里进行着各种重建、打破、破坏的活动，经常以摄人的威力给到访巴黎的人一次刺激、惊险、毫无章法的游历体验。这种体验和巴黎香格里拉大酒店中保留的古典巴黎之典雅大相径庭。从香格里拉大酒店到东京宫，我觉得，巴黎仿佛张开有力的手掌，紧紧把我们拥抱了一番，又狠狠把我们抛开了。

我喜欢东京宫，因为从巴黎"香宫"走路去东京宫的下坡大道上，你会看到一个非常美的埃菲尔铁塔身影，虽然王子不爱，但它真实伫立在那里，十分窝心。

在巴黎"香宫"的日子，我穿过酒店走廊，东方古意屏风、古瓷器花瓶点缀其间，山水画镶嵌在墙上；还有酒店的米其林一星餐厅，同时也是欧洲首家呈现粤菜的"香宫"餐厅，以上种种都无时无刻不在提醒我：巴黎香格里拉大酒店是把东方的怡情潇洒和法式的华丽优美做了完美结合。曾几何时，这份欧洲18世纪兴起的 "中国风（Chinoiserie）"装潢风格主导了法国上流社会，就连波拿巴王子也不能免俗！

♭ 花上不菲的房费，便可以在王子当年的卧室，感受一份法式贵族生活方式。

⑀ 巴黎香格里拉大酒店内的灯光，有当年宫殿的意境。

ↄ 巴黎香格里拉大酒店，始终弥漫着这份辉煌的皇族气息。

旅途的疲惫，却被巴黎香格里拉大酒店的亚洲早餐安慰了。

épisode 4

在巴黎，我们的生活就是一场假面舞会。

—— 法国剧作家、小说家 加斯东·勒鲁（Gaston Leroux）

住进干邑区的私人城堡

Sleep at a private château in Cognac

因为工作的机会入住了巴黎奢华酒店：巴黎布里斯托尔酒店（Hotel Le Bristol Paris）。我后知后觉，直到离开酒店才发觉这就是伍迪·艾伦那部电影《午夜巴黎》里出现的酒店，电影中的男女主角依偎在这家酒店碎花图案的床上，最后又在这里分道扬镳，影片中吉尔未婚妻的父母好像从来也不懂巴黎。布里斯托尔酒店真是一颗明珠：低调、华丽、细致、周到，又十分具备"中产阶级"的情调。

抵达酒店大堂，由礼貌优雅的前台人员带领进入房间，巴黎布里斯托尔酒店依然保持着使用房间钥匙的习惯——非常欧洲，离开房间要用钥匙锁门，入房关门也要从房内锁门。从我的房间可以抵达被璀璨和颇有设计感的灯饰照耀着的旋转楼梯，我试着不使用电梯，从旋转楼梯缓慢步行下楼，抵达大堂。

这次的工作是从巴黎前往干邑区，参加由轩尼诗集团举行的一款奢华酒品的发布与体验活动。轩尼诗集团为了彰显这份荣耀尊贵的感觉，从俄罗斯、中国、瑞士、奥地利、德国邀请媒体和自媒体人，加上法国本地美食美酒的资深记者编辑，组成参观团，共赴一段轩尼诗宣称的"浪漫历史，优雅华贵"之旅。

"欢迎晚餐"在一家"创新融合"菜式的餐厅举行。各国媒体人到齐后，大家分别坐车前往餐厅。法餐的恼人之处，就是可以一直吃饭、喝酒、聊天，吃完了正餐，还会上甜品，从晚上七八点可以吃到夜晚十二点。

我坐在来自德国的美酒撰稿人 Thomas 身旁，与一位说话爽朗的德国女博主（名字我都忘记了），和另外一位来自奥地利的媒体人 Erhard，组成了我们当晚的社交小团体。德国人十分热情，我们聊得也格外开心。我对面坐着负责轩尼诗集团公关宣传活动的巴黎公关公司的领头人 Laura——一位中年意大利女人，她在巴黎住了接近 20 年。我身旁还有另外一位来自上海的媒体人，以及驻扎巴黎的负责轩尼诗全球免税店市场推广的 Carrie。中文、英文、法语和耳边时而欢畅的德语，是欢迎晚餐的"佐料"，语言是非常穿越的武器，它时刻提醒着我，这里仿佛不是巴黎。

来自俄罗斯的媒体人和自媒体人，感觉自成系统。一位年长的俄罗斯前"喉舌"报纸的资深编辑不会英文，需要同事进行翻译。他也不多话，尽量保持沉闷与远离谈话的姿态。我主动向俄罗斯小伙问好，问他是写哪方面的报道、做什么媒体，但感觉他的回答都是点到为止。坐在回酒店的车上，身旁只有另外一位红头发的俄罗斯女博主，她非常健谈，也对我的写作充满兴趣，她像是打了鸡血一般，始终保持谈话的兴致。她告诉我，结束了这次的轩尼诗活动，她还会留在巴黎，为了巴黎时装周连轴工作（我的内心翻滚着微信的表情包）。

第二日一早，我从巴黎布里斯托尔酒店的房间醒来，推窗看到不远处的巴黎铁塔，一种熟悉又温暖的感觉扑面而来，眼前的巴黎优雅漂亮。去楼下的餐厅吃早餐，酒店的服务员风度翩翩，从餐厅望出去是知名的巴黎布里斯托尔酒店花园。坐在窗前的两位日本游客，大约已经在这里住了好几天，餐厅年长的经理和他们寒暄，询问他们的行程和对巴黎的观感，展露着亲切无比的酒店印象。

穿过酒店花园的晨曦很柔美，可惜我们必须赶快打包退房，搭车前往巴黎市郊的私人小型机场。我又"误入"了德国人的"舰队"，和他们坐在车内，德语多么的飞扬跋扈啊，仿佛把我都打败了。身材微胖的德国女子转头问我："你觉得，来到我们这个德国团队（German Team）如何啊？"我说："你们真有趣，十分可爱，让我喜欢。"

从巴黎的布尔歇机场（Le Bourget Airport）搭乘小型喷气飞机（Jet Plane）。飞机升空，我们把巴黎抛在身后，从飞机上眺望法国的原野，有着初秋的色泽，真是心旷神怡。

一个小时不到的时间，我们已经抵达了法国干邑区（Cognac）。车队的司机西装革履，为何都那么帅气！我们这辆车的司机大叔，身材毫无臃肿感，反而健美阳刚。我觉得，生活在干邑区，每日享受香槟、红酒、白兰地，不是应该变成一个胖子嘛！

天气大好，抛开巴黎的冷然，干邑区以温暖拥抱我。从法国夏朗德地区的昂古勒姆（Angoulême）机场到轩尼诗酒庄的沿途，一派田园风光，阳光下的葡萄树翠绿不已，旷野之外有一种静谧的赏心悦目之感，让人感动。

主办方安排的第一个项目就是"社交"。或许，昨晚我们的欢迎晚宴还不够"法式社交"，到了干邑区，还要从头再来一次。

这里是轩尼诗酒庄，葡萄园地一隅搭建起来的用于社交的凉亭，浅色木制亭柱营造出适宜的氛围，主人礼貌又周道地为我们这群探访轩尼诗文化与历史的客人倒好酒，各种精美小食陆续奉上，有着轻盈爽朗的气氛。远望干邑区的葡萄庄园，蓝天下一切都井井有条。坐在凉亭中，呷一口轩尼诗 XO，享受着难得的初秋阳光。而后，我又和德国团队开始了"法式社交"，我们喝一杯，便聊一会儿，非常优雅地举杯，谈论着一些相关的话题。转头一看，来自瑞士的女博主已经开始录制视频了，而刚才在车上还开心聊天的德国女博主也开始了"直播"！真是非常敬业啊！

为了接待我们这个媒体团，临时搭建的凉亭外还有一个临时搭建起来的洗手间。纯白色的洗手间，宽敞舒适，洗手液是一瓶橘色的蒂普提克，味道竟然那么好闻，留香时间也很久。在那一刻，我觉得干邑的法国人民才真是懂得生活啊，有美酒、有美食，还有无限享受的生活品位，和挣扎在首都巴黎的人相比，干邑区的缓慢与古旧反而是对巴黎的一种骄傲反射了。

午餐过后，从轩尼诗集团驻扎的小城穿行而过，去轩尼诗集团的蒸馏车间，用作试验与蒸馏的车间非常清洁，有着严苛的温度监控与测量标准。带着美国口音的集团市场部工作人员皮尔亨（Perrine）全程为我们讲解这些蒸馏设备、工艺，而他是一个非常骄傲的法国男人。

第一次来到这个庞大集团的蒸馏车间，看着9升白酒经过两次蒸馏程序后，只能酿制成1升干邑白兰地，可谓精贵。蒸馏器皆为红铜所制，而经过第二次蒸馏后的酒，法国人称之为"生命之水"。我对于这种把佳酿比喻为"生命之水"的执着甚为吃惊。但是和英国人比起来，高卢人并非是因豪饮而烂醉如泥、不在乎形象的民族。法国诗人保罗·魏尔伦（Paul Verlaine）形容伦敦是一座不断劝人向善，却又酒气冲天的伪善之城。说起饮酒传统，法国人总是骄傲自持，认为自己不会如英国人一般贪杯，小酌怡情仿佛就是高卢人的一种饮酒文化。但文化史家早就在论著中坦言，这种节制的饮酒作风也仅仅限于法国的中上等阶级人群。当然，道貌岸然的布尔乔亚人，尽量不要在公众场合显露醉态是一条自19世纪就在法国上层阶级中流行起来的金科玉律——属于"良好礼仪"。"酩酊大醉"破坏了这种正式礼仪，会被认为是乌合之众。

法国知名厨师马塞尔·布利斯坦（Marcel Boulestin, 1878–1943年）就曾说过："喜爱美酒的人不会当酒鬼；他的意趣是品尝佳酿，而非恣意贪杯，免得品行中的高贵沦为俗野。"我觉得干邑区的各种酒酿精品，恰好都是为法式良好礼仪做点缀的。这些被誉为"生命之水"的液体被陈放在橡木桶中，被推向神坛，从形式到精神都颇具仪式感，亦是一种法式生活艺术的具体呈现。

车辆穿过市区的河岸，在干邑区依然传颂着轩尼诗集团创始人的历史情怀，这份情怀和干邑区的宁静，自然地融为一体。作为拥有爱尔兰血统的创始人：李察·轩尼诗（Richard Hennessy）曾在路易十五手下当兵，由于战功显赫，很快被提升为上尉，并获得了一枚有战斧的手臂图案的奖章，代表勇敢和财富——这也是后来为什么轩尼诗集团的标志就是这只战斧手臂的原因。1760

年，当李察·轩尼诗来到法国南部干邑地区，被当地和谐温馨的景象所陶醉，决定卸甲归田，并在 1765 年开创了轩尼诗这个品牌。时至今日，轩尼诗传人已到第 8 代。

第一日的参观，最让我感动的反而是轩尼诗的木桶制作工坊，我看到工人们精雕细琢，将精良的橡树木打磨成环，再按照历史传统，将其一一套在装酒的木桶外。虽然现代发达的运输业，已经免去了木桶的颠簸之苦，但是轩尼诗集团依然耐心保留这种带有工艺美感的制作流程，让所有盛放轩尼诗佳酿的木桶都保留历史本来的模样。这些采用上百年的橡树木打造的木桶，以历史的厚重感让"生命之水"愈发沉醉。

当我来到轩尼诗集团的驻地，走进神秘的调配品鉴室，摆满了墙头的玻璃瓶中盛放的是还未成为最终佳酿、不断被品鉴的液体，如同法国高级奢华香水的调香工坊，让人叹为观止。老式敦实的桌椅诉说古老故事，连同室外整个轩尼诗总部的建筑一起，烘托出一份深邃绵延的辉煌记忆。

瑞士金发女博主一直孜孜不倦地拍着视频，法国资深编辑们不断提问，还认真做笔记。法国人聚在一起，就像是打开了话匣子，可以一直讲个不停。我则从这间调配室望向窗外的院子，院子实在古老，如果不是建筑物上飘扬的集团旗帜，根本无法想象这群古老建筑，就是轩尼诗集团的总部所在地。

俄罗斯记者团依然独立，好像和大家都不怎么交流。我们一群人站在门口被摄影师的镜头抓个正着，我后来看这张花絮照片时感慨，真是各有姿态。来自集团的法国人继续担任讲解工作。轩尼诗的调配师家族是世界上少数由家族代代传承的调配师家族，这保证了轩尼诗调配技艺的始终如一。对每种"生命之水"的了解是调配的先决条件，调配的过程就是把不同的"生命之水"的特性整合起来，从而强化并超越单一"生命之水"的特性。每天，调配总艺师会带领其他调配师一起工作，6 位品鉴委员会成员每天上午 11 点在这里汇合，尝试 40-80 种"生命之水"，以此保证挑选出最适合轩尼诗酒品的"生命之水"。

而衡量"生命之水"的六个标准是：收成质量、年景、地区、种植商、蒸馏厂、陈化条件。任何事情，把它做成了一种严苛绝对的事业时，都令人汗颜。那些盛传法国人不理性、松散的成见，在待在轩尼诗集团的下午被纷纷击碎。

在媒体团迅速撤离这栋装满轩尼诗历史的总部大楼的时候，我请 Carrie 帮我拍了唯一一张在轩尼诗的留影，日后翻出来看，觉得好珍贵。

整个媒体活动的高潮，就是参加当晚在轩尼诗集团拥有几个世纪历史的酒窖中举办的晚宴，揭幕轩尼诗旗下的一道"珍宝"：百乐廷皇禧干邑（Hennessy Paradis Impérial）。集团特别安排中国和俄罗斯两国媒体（一共 6 人）入住轩尼诗集团创始人的私人城堡巴巩勒城堡（Château de Bagnolet）（因为这间私宅只有 8 间房），应该是视这两国是掘金之地。

在巴巩勒城堡放下行李，我发现我并没有适合出席晚宴的西装，连领带都没有带。我之前在伦敦买了羊毛西装，可是在干邑区这样温暖的地方，根本无法穿上。没有穿对衣服去晚宴，我真是一身的不舒服，但也没有办法。好在我的德国朋友 Thomas 告诉我："就这样吧，也算是'商务休闲（Smart Casual）'风了！"我看看这身羊毛西装，心想：你真会安慰我啊！整体的穿着只有脚上那双在巴黎买来的黑色切尔西靴（Chelsea Boots）让我有点自信！

昨晚聊过天的俄罗斯女博主已经换好了自己的"战袍"，华贵时髦地出现在我们眼前。我看到她带了很大的箱子来巴黎，一定装了不少衣服，何况她还要战斗到巴黎时装周结束，真是异常辛苦啊！但是这位女博主却非常敬业，她拍了很多照片，从巴黎飞来干邑的飞机上，就一直对着自己的电脑工作。看到她，我觉得我真惭愧啊！

百乐廷皇禧干邑是 2010 年由轩尼诗第 7 代调配总艺师颜·费尔沃（Yann Fillioux）重新调酿而成的"生命之水"，在商场中价格高昂。法国人真是喜欢制造奢侈品，女人可以去巴黎买包，男人则可以去买酒。

宣传册上详细写了颜·费尔沃如何调制这款奢侈酒品的历程和各种文化背

景，让我眼花缭乱。不过就在干邑区享受晚宴的时候，我的微信还一直处于工作状态，国内有新的品牌在洽谈工作需求，国内和巴黎两个时空，让我措手不及。在这样的时刻，端庄而优雅地吃完一顿奢华法餐，配合着品酒，好像有点苦中作乐的意思。

坐在我身旁的巴黎女人是轩尼诗集团全球市场部的总监，当晚她先带领媒体记者一起穿越酒窖，冷冷地说着英语，显示了一种高贵的模样。轩尼诗集团也是首次与当代艺术家合作，在酒窖中呈现了一个如钻石般闪耀的艺术装置作品。来自伦敦艺术工作室棉花糖激光宴会工作室（Marshmallow Laser Feast）的激光镭射作品，像是雕琢的时光之树，放置于古老酒窖中，真是给人从历史走向现代的感觉。整个艺术品充满了科技感和未来感，仿佛把我们和轩尼诗的对话抛给了大家，而这种结合了古老和现代的审美体验，恰好也映衬了百乐廷皇禧干邑的创新和对于轩尼诗传统的传承，引人联想轩尼诗走过的辉煌岁月。

晚宴上享用的花香馥郁的百乐廷皇禧干邑，入口回旋的香气是沉稳的，非常精致，非常成熟，那一定是走过了万水千山，看遍了世间风情后得来的一种胸怀和气魄，搭配由法国明星厨师盖伊·马丁（Guy Martin）打造的三道菜，异常贴切。

用晚餐的时候，我和身旁这位看起来强悍的巴黎女人闲聊起来，感觉这像是对我的考验。听说我在写一本关于巴黎的书，她兴趣大增，问我最喜欢巴黎的哪个地区，有什么巴黎的餐厅推荐？我思忖：这些问题不是该我问你吗？但是我居然急中生智，和她聊得起兴，我说："年轻帅气的米其林三星主厨克里斯托弗·桑塔内（Christophe Saintagne）曾经供职于知名的茉黎斯酒店，他在2016年2月在巴黎十七区开了属于自己的第一家小餐馆，取名"蝴蝶"（Papillon），菜式精致好味，值得一试。"结果她刚好去过"蝴蝶"，我好像通过了考验，她也打开话匣，与我分享她热爱的巴黎地图。

酒窖外其实也很美，是那种安静的法式乡村的美。城堡般的样貌，像是真正的富饶之地。工作人员也是一身黑色，法式的奢华感觉显得异曲同工，高级黑，已经说明一切。

　　当晚，我和俄罗斯媒体住进了巴巩勒城堡。城堡内外，有茂盛的草坪，湖泊闪耀，是典型的欧洲贵族家庭样式。

　　轩尼诗集团的公关真是做得让人赞赏。这座巴巩勒城堡经常拿来款待我们这些全球媒体人。进门有标准的管家服务，已经为大家准备好了玛德琳蛋糕，饮用水是"依云"，浴室的暖气也为来客打开……徜徉在客厅、餐厅之间，真有置身欧洲贵族的浮华感受，像是做了一场梦。转身在巴巩勒城堡客厅中看到茶几上的鲜花盛开，有着无限明媚的样子，桌上摆放的老照片，展示了即便是用金钱也无法购买的轩尼诗家族的历史传承感。

　　晚宴回来，我和德国朋友们还意犹未尽，加上负责此次媒体活动的巴黎公关公司的一位德国女士Linda，我们几个人坐在巴巩勒城堡与餐厅相连的室内花园里，抽雪茄，继续喝皇禧干邑。聊天的话题从电影到艺术、到法国文化。这一晚的"沙龙"真像是一个幻觉，像是走入了一个我熟悉的电影场景中。

　　第二日一早，用过早餐，我坐在对着草坪和湖泊的椅子上发呆，看到那位资深的俄罗斯编辑在远处的草坪散步，据说夜里留下的露水，让大家湿了鞋子。接着，就是集团安排的中国媒体访问时间。我和第8代轩尼诗调配大师——颜·费尔沃的侄子雷诺·费尔沃·德·纪朗德（Renaud Fillioux de Gironde）聊天。我得知，百乐廷皇禧干邑保持了高品质的酿造技艺，又贴近新时代消费者的需求，具有创新意识，保持了轩尼诗调配一以贯之的连续性和精益求精。

　　结束采访后，我回味：很多时候，我们旅行、品尝美食美酒，更多的是在吸纳这份优美的文化艺术之味吧。

　　在返回巴黎之前，我在前往机场的车上，回望干邑区辽阔的田园、森林。坐在我身旁的Linda，关切地问我："在巴黎的一切是否顺利？"我想了一下，除了买菜做饭，此次在巴黎的写作生活即将暂告一段落，我微笑回应："一切都充满美好的回忆。"真是甜蜜。

在那一刻，我很想念巴黎。巴黎就是这样的地方，在不能忍受它的时候，你选择离开；但是一旦离开之后，你竟然想要立刻回到它的怀抱……

抵达巴黎的私人机场，每一个媒体都被仔细安排了一位司机接待，有人前往机场，赶赴下一个活动。我的法国司机带我回到六区的住处，我用法语问他："从机场到住处要多久？"他腼腆地回答我："四十几分钟吧。"当车开过凯旋门，穿越了蒙田大道，我眼前看见的铁塔，是一个安心的提醒：巴黎，从来没有远离过……

♭ 站在布里斯托尔酒店房间的阳台上，我眺望着巴黎，它和布里斯托尔一样，像是明珠
一般，清透又闪亮。

಄ 我下榻在巴黎著名的奢华酒店：布里斯托尔酒店，伍迪·艾伦的电影《午夜巴黎》
曾在这家酒店取景。

๖ 住在轩尼诗家族的私人宅邸中，我在客厅中辗转，卧室壁纸甚是温暖。

法国干邑区，初秋爽然，和巴黎迥然不同的情调。

JE NE
PENSE QU'
À ALLER
À PARIS

Fiction

小　说

巴黎的 BoBo

6 月，圣米歇尔大道上的阳光很好，这个时间是下午 5 点。

我是 Gaspard，我从先贤祠正面的石板路走向卢森堡公园。回头，正好看到夏日傍晚的阳光洒向先贤祠。游客和巴黎法学院学生的身影都被染成了金色，并且互相交织，难以辨认。

我故意沿着圣米歇尔大道围着卢森堡公园外面走着，走入公园旁边一道大门对着的街道，小广场只有我一人。有一间公寓，窗户忽然被主人打开，猛的一下开窗的声音，有点吓人，阳光刺眼，因为镜面的反射作用，我没有看到主人的样貌。

Marion 是我爱的人，夏天的我们处在分裂的冷战阶段，大部分人都出城旅行，整个巴黎仿佛只剩下我和 Marion。

昨晚，我准备和 Marion 好好谈谈，我们约在玛黑区的酒吧吃饭、喝酒，站在夏日夜晚的玛黑区抽烟。她穿小碎花吊带裙，栗色头发自然下垂，身材修长，一对平底鞋，鞋跟有磨损的痕迹。大多数时候，她喜欢穿着这双平底鞋在巴黎穿街走巷，如我撞见她的那一天。

我们在一起后，有时会为了细小的事物争执不休，甚至大打出手。周末，我们窝在我的公寓，听拉赫玛尼诺夫的钢琴曲。我们相拥在一起，做爱，等待周日的清晨慢慢到来。

除此之外，阅读占据了我大部分的时间。"BoBo：Bourgeoise et Bohème（波波：小布尔乔亚和波西米亚）"——都是我从阅读中得到的答案，这些概念已经太过陈腐，我望着公寓浴室镜子里的自己讪笑，拿手机玩自拍，嘲笑自己的懦弱，以及很多时候的彷徨。BoBo们憎恶"小资"的道貌岸然，但也无法真正站在"波西米亚"的立场去生活，正如我和Marion的关系一样，我们热烈相爱，但内心经常无端孤单。

我们躺在这张床上，Marion忽然非常烦恼，她问我，我们相爱的理由到底是什么？我一时语塞。爱情到底是否真的要如干柴烈火一样把彼此燃烧殆尽？我从床头扔给她一本书，我说我们是"巴黎BoBo"！ BoBo也许才是一个取巧的组合，我希望和Marion在爱情的世界中，也能有取巧的时刻，但是我们没有就此达成共识。

这场论战持续到昨晚，以至于我们昨晚的约会不欢而散。

我们最后在毕加索博物馆前告别。像是侯麦拍的那部《人约巴黎》，并无坚强的道别理由，但夏天的热烈却制造了爱情的寡淡感，有点小郁闷。

昨晚的酒精作用持续了一日。此刻，我要在左岸度过这个傍晚，巴黎六区。我常常光顾巴黎六区，以及玛黑区，我认为这是巴黎最有BoBo感的两个地方。

我觉得：我应该在夏日的巴黎寻欢作乐，一个巴黎男人，必须同时拥有几个情人，才算是非常风流倜傥？

我已经走进卢森堡公园，草地上玩飞盘的儿童，声音响彻了整个花园。在公园里跑步的人，呼呼而过，风驰电掣。树下有两对情侣，旧的样子，让我想起我和Marion在这里的一次争吵，但吵架内容都已忘记。

我走到喷泉一边，看到临摹画作的美术系学生还在那里作画，地上砂石的声音，细碎糅杂，跑步的人，专注自我，他们健硕有趣，但我觉得有点无聊。除此之外，是成群结伴在夏日来巴黎的游客，他们组成了最有趣的巴黎点缀，我经常望着他们，我喜欢看他们惊喜的面貌，那是一种反射，让我觉得巴黎是可爱的。

我坐在雕塑下面的椅子上。

"Gaspard，你要娶我吗？"

Marion 在巴黎六区望着我，我们从一家经常光顾的家具店里走出来，她的话，我觉得错愕。我从橱窗的玻璃反光中看到我们的脸，我看到她的失望，以及我的脆弱。后来，这样的话题尽量被我们避免，直到昨晚在玛黑区再度被提起。我的无精打采总是会激怒 Marion，她厌恶我，我也不知道我们还可以继续吗？

我穿越了整个卢森堡公园，巴黎第六区依然安静，我或者可以继续这样散步，或者搭一程的公车去塞纳河的对岸。我选择继续游荡，毕竟，这样安静的巴黎是难得的。

天色慢慢暗下来，我在左岸吃晚餐。

"Gaspard，真的是你！"有女人的声音在我耳边响起，拉我回到现实。我抬头，是 Eva，大学同学，英法混血女孩儿，我记得她栗色的眼珠（栗色：Marron ——真是和我不离不弃）。Eva 还是留着一头的长发，此刻她穿了一件褪色外套，内衣里面没有穿胸罩，下身是有点褶皱的裙子，高颧骨、瘦削，我能看到她的乳房，在金色余晖的窗边起伏，她起身、侧身，朝我走来。

拥抱，贴面礼，寒暄，夏日的衣衫因为拥抱发出摩擦的细碎声音。

我记得我们在大学里有过爱，或者说性爱。我顿时有一种出轨的冲动，在夏日的余晖中，荷尔蒙在作祟。

我们的谈话不知道从哪里开始。

Eva 毕业后去了亚洲，旅行加上在当地教授法语，她对日本男子抱有一种幻想："我在京都有过一段短暂的爱情。"

Eva 的健谈超过我的预期。

"我未去过京都，但我看过很多关于日本京都的画册，真是一座很美的城市。"我无话找话，"请问日本男子和巴黎男子，有什么不同？"

"哦，Gaspard，你还是这样理性，我不知道，我觉得男人都有相似的地方，除了器官之外，你们都太敏感，也喜欢问这些蠢问题。"我随后告诉了 Eva，我和 Marion 的近况。但是我并未提及 Marion 的结婚要求。

"Marion 是一个美人，你们何时结婚？"好像女人都喜欢"结婚"这个话题，避也避不开！我有点生气，依然面带笑容，笑而不答，饮酒。

Eva 继续讲她在日本的旅行经历，以及和日本男子的爱情故事，絮絮叨叨，有点缠绵，讲完后，我们刚好喝完了一整瓶红酒。

"我们吃完东西，再去塞纳河边走走吧？"我提议。Eva 则说，不如去参加她的艺术家朋友的派对，在圣日耳曼大道附近的街巷中，那里楼顶的露台看得见巴黎景观。

"走吧，一起站在露台上，看天色在接近夜晚 10 点时候的样子……"

我很诧异，我觉得 Eva 才是书里描写的一位"巴黎 BoBo"！我很想拒绝，我讨厌巴黎的 BoBo，包括我自己！

但 Eva 的热情无法拒绝，事实上，她的健谈和各种亚洲旅行的经历引发了我的好奇，包括她身上熟悉的香水味道和起伏的乳房。我像是被她牵引，来到了她朋友的派对现场。

这个派对，留在城中的巴黎人，带来放浪的笑声。Eva 站在艺术家中，偶尔对我投来一阵微笑，我举杯，但也不想和任何人讲话。我的脑子里浮现出 Marion 的脸，我们做爱的姿势过于投入，让人后怕，仿佛是生杀予夺，我记得我抚摸着她颈部的一颗痣。"此刻，她会在巴黎的哪里呢？""如果她和另外一个男人上床，我会不会介意……"我的脑子里忽然有这些怪念头。

"Gaspard！Gaspard！"Eva 在叫我，她走向我，说我们可以去参加这位画家的开幕展，就在六区的画廊，但我真怕和 Eva 去画廊撞到 Marion，我觉得夏日的巴黎人总会在艺术展中打转，难免会撞见。

夜晚 12 点，我决定告别这个派对，独自搭公车回家，我和 Eva 拥抱，我再次感到了她的乳房和我的胸接触时的那份柔软，我感到了我的生理反应，我甚至觉得有点内疚——难道对于 Marion 的一点点背叛，都会带来内疚吗？我真是太爱 Marion 了吗？

我和 Eva、艺术家们告别，我决定第一时间去找 Marion，我拨通了她公寓的电话，斑驳的公寓楼，我去过很多次。电话没有人接听，手机没有响应，我的 Marion 已经在离开巴黎的旅途中了吗？很多奇怪的念头在我心中涌现，但都被我一一否定。

不管怎么样，我搭地铁从巴黎的左岸来到右岸，我数着地铁站，内心焦急不已。我朝 Marion 的家走去。我使劲敲门，有邻居探出头来，朝我投出愤怒的眼神，告诉我 Marion 应该不在家！

这是一个恼人的夏日深夜，为什么我找不到 Marion？我们是巴黎的 BoBo 吗？讨厌一切的道貌岸然。我们浪荡的心，以收集旧的情绪为骄傲，巴黎才可以收留我们这样的内心，不是吗？所以 Marion 不应该离我，至少，我们在这个夏天是会有一个美满的爱情篇章的，不是吗？

我站在 Marion 的公寓对面的路灯下，抽了一支烟，望着巴黎的老公寓发呆，我决定要再和 Marion 好好谈谈，也许我会欣然接受她的结婚要求？

谁知道呢？我的巴黎，举棋不定。

"但是，我的 Marion，此刻，你究竟在哪里啊……"

地球旅馆

出 品 人　张进步

策划监制　程　碧

执行编辑　二　毛

封面设计　lemon

内文设计　八月松子 August pine nut

发　　行　肖　遥

营　　销　何雨淳 吴　桐

法律顾问　天津益清（北京）律师事务所 王彦玲

新 浪 微 博　　　　微信公众号